Un bosque flotante

Jorge F. Hernández

Un bosque flotante

Un bosque flotante

Primera edición: febrero, 2021

D. R. © 2021, Jorge F. Hernández
Publicada mediante acuerdo de VF Agencia Literaria

D. R. © 2021, derechos de edición mundiales en lengua castellana:
Penguin Random House Grupo Editorial, S. A. de C. V.
Blvd. Miguel de Cervantes Saavedra núm. 301, 1er piso,
colonia Granada, alcaldía Miguel Hidalgo, C. P. 11520,
Ciudad de México

penguinlibros.com

ISBN: 978-607-319-898-1

Impreso en México – *Printed in Mexico*

Para May, toda memoria,
y todos los niños que habitan su bosque

*We were ring-around-the-rosy children, they
were circles around the sun. Never give up, never
slow down, never grow old, never ever die young.
Synchronized with the rising moon, even with
the evening star, they were true love written in
stone, they were never alone, they were never that
far apart.*

JAMES TAYLOR, "Never Die Young"

I. *A floating forest.* Un bosque flotante

Conozco el bosque de memoria. En inglés, diría que me lo sé de corazón. Las dos formas ayudan a decir lo que intento escribir en estas líneas: juntar palabras que incluso en otro idioma recuerden lo que recuerdo y recorran lo que veo si cierro los ojos. Como sueño, me sé de memoria el bosque de mi infancia. La geografía de otro idioma. Un lugar que se ubica perfectamente en los mapas. El lente sale del satélite y baja según el vértigo que le quiera imprimir con las yemas de los dedos hasta el punto exacto donde permanecen intactos los recuerdos de una vida.

La mancha se llama Mantua, condado de Fairfax, en el norte del estado de Virginia, cerca del límite con Maryland, a pocas millas de Washington, D. C. Vuelvo en sueños y despierto con los ojos cerrados; si volviera hoy mismo hay maneras de confirmar que el bosque que llevo en el recuerdo es el mismo que ha cambiado al paso de medio siglo. Se ha reducido el manto verde de todos los tonos que se observaban desde el cielo, han construido una línea del metro de D. C. que llega a las inmediaciones, ya no hay tantos arroyos ni riachuelos que lo crucen como líneas de la palma de mi mano, quedarán algunas ardillas y mapaches, volarán siempre por allí los pájaros azules y cardenales rojos, las aves

13

amarillas y unas mariposas como pétalos, todas las flores sueltas, los prados amplios, aunque quizá ya no haya venados, ni colonias enteras de liebres y conejos y quizá han cerrado la granja de caballos.

Cierro los ojos. Mantua es memoria. El bosque que me sé de corazón. Los pronombres de los árboles. Las manchas de bosque que se abrían en claros, los senderos asfaltados que no deberían llamarse calles porque no era ciudad, sino precisamente bosque con casas aisladas, quizá ahora más cercanas unas de otras con el paso del tiempo. Me sé la sinfonía de miles de hojas aplaudiendo con el viento, las ramas desnudas en cuanto llegaba la primera helada; los ocres, amarillos y naranjas de las hojas anchas que en otoño parecían desencuadernarse como libros al suelo; la húmeda pereza del verano, los caminos secretos que se llenaban de insectos, los puentes que quién sabe quién colocó en estrechos pasadizos de hierba para sortear arroyos y riachuelos sin nombre, el montón de piedras donde siguen guardados en cajas de hojalata los recados para un futuro que parece que no quería alcanzarnos.

Me sé de memoria los atajos que nada tienen que ver con el mapa que repartían en la escuela, la primaria construida justo en el corazón de Mantua como ombligo de toda la comunidad, las iglesias de diferentes credos en los límites del bosque donde las carreteras que iban y venían del mundo demarcaban otra civilización. Círculos concéntricos, comercios a las afueras, gasolineras de carretera, la pista de hielo y la cancha de beisbol; millas en bicicleta para llegar al primer *mall* de lo moderno y de vuelta al bosque sin semáforos, regaderas de primavera sobre el césped, patinetas de verano, trineos de invierno, papalotes que un mismo idioma llama también cometas en marzo, las flores de mayo, los corazones de febrero; cinturones de naranja fosforescente para las señoras que ayudaban a cruzar los pasos a la escuela, amarillos camiones escolares, el camioncito blanco del Good Humor Man, el arcángel que hacía sonar las campanillas que anunciaban la llegada de helados, paletas y golosinas de todos los sabores en los meses que no fueran resbalosos de hielo y nieve.

Me acuerdo de las hectáreas tupidas de altísimos árboles sin nombre, pedazos del mundo que llaman *woods* y no *forest*, maderos que no bosque. Parecía hundirse la geografía y cruzaba ese manto anónimo un camino que llevaba a la alberca de Mantua, la piscina de la comunidad del bosque donde ahora se hablan todos los idiomas mientras cierro los ojos y recorro una época donde casi nadie hablaba español. Hoy la escuela tiene letreros bilingües en los baños para niños, a la entrada de la biblioteca y en el gimnasio que parece que han modernizado, pero el bosque de mi infancia era también espejismo del tiempo, de muchos tiempos que se confundían como psicodelia con luz morada, camisetas que se teñían con ligas para que parecieran diseños de hippies al tiempo que los libros de la escuela seguían enseñándonos ilustraciones de la posguerra. Juntos al mismo tiempo Bill Haley y Jimi Hendrix, calcetas al tobillo con faldita de *french poodles* y gafitas azuladas con la greña de John Lennon a solas en New York; el corte a rape de niños soldaditos y las barbas de oso con sombrero de vaquero de un loco que andaba perdido en una moto de manubrio elevadísimo con la llanta delantera a dos metros del asiento y el tanque de gasolina pintado con la bandera de la Confederación del Sur.

Cada casa tenía su olor y el color correspondiente a un apellido, cada cabaña una historia que se reinventaba en Halloween, cada mascota un linaje tradicional de razas y nombres de perro que se heredaban con números romanos en las familias que los añoran hasta la fecha. Había una mayoría ocasional de banderas ondeando según el decurso de la guerra de Vietnam, las estrellas en las ventanas de los padres que esperaban que sus hijos volvieran del combate cuando apenas empezaba la moda de los moños amarillos. Los reclutas rasurados, con bolsas verdes al hombro que volvían de Da Nang envueltos en bolsas negras de plástico y acomodados en ataúdes de pino rasurado que alineaban en la pista al pie de los inmensos aviones grises.

Las sirenas del tornado, el silencio de las tardes, la música de mil grillos, las noches de luciérnagas, los inmensos postes de madera con las líneas colgantes de todos los teléfonos, la única antena de un radioaficionado que todos los niños sabíamos que era un espía soviético. Los refugios antinucleares de los vecinos que llegaron al bosque en plena Guerra Fría, los mismos búnkeres convertidos en cavas, bodegas y salas de juego en las casas donde ya se había descongelado el peligro ruso. Los carteros de pantalón corto y casco de explorador de pirámides egipcias al volante de pequeños jeeps, los coches nuevos que estrenaba alguna familia y convocaban una caravana de bicicletas para seguirlos hasta la salida del bosque. El mundo de afuera y el bosque que se aprendía de memoria todos los días de ida y vuelta del colegio…

Vietnam…

soñando precisamente entre senderos de helechos y ramas bajas que nadie jamás había despejado para allanar un camino a quién sabe dónde. Llegar a un prado más largo que una cancha profesional de cualquier deporte y seguir hasta otra cortina de verdes, otro telón de árboles alineados como persianas. Entrábamos a Sherwood y todos éramos Robin Hood, salíamos al campo de Gettysburg todos de gris o azul cantando "Dixie" y recitando el discurso de Abraham Lincoln memorizado en blanco en el Partenón de la ciudad blanca que visitábamos de excursión. A *floating forest*, un bosque flotante que oscilaba siempre por encima del tiempo. El bosque encantado de Hansel y Gretel donde ninguno de los niños teníamos que ir dejando migajas para volver a casa, porque lo sabíamos leer de memoria, lo llevamos grabado en los párpados. Lo intento escribir en dos idiomas, lo pienso porque lo recuerdo, porque no lo pienso olvidar.

II. *A sewing error*. Un error de costura

A María de Lourdes le dicen May por un error de costura. De niña, una tía de Guanajuato le cosió un vestido y al bordar sus iniciales en la pechera, los hilos de una *L* parecían deletrear *May* y se le quedó el nombre. May creció para hablar cuatro idiomas, cantar boleros de Agustín Lara y tocar Chopin al piano; se especializó en contabilidad y finanzas, cultivó una belleza intacta para toda la vida y pintaba flores al óleo. Se casó a los treinta años y, doce meses después, una trombosis cerebral le borró su pasado. May es mi madre y mi infancia es la lenta recuperación de su memoria.

La mitad católica, apostólica y guanajuatense de mi familia aseguraba que la trombosis de May había sido provocada por la picadura de un insecto incierto en el Santuario de la Virgen de San Juan de los Lagos. Mis padres fueron en peregrinación con mi abuela materna para encomendar un embarazo, y al nacer mi hermana Ángela, mi madre ni se enteró que a las pocas horas de su vida esa niña sería enterrada por mi padre en el anónimo nicho de un cementerio que jamás nos fue revelado. Decían que la picadura del insecto y el trance del parto le habían borrado todos los recuerdos de un solo golpe, de un borrón de pluma se le esfumaban los nombres de las personas y las cosas, los colores del mundo y el sabor del café.

La otra mitad de la familia —los que habían estudiado en universidades y habían viajado por el mundo— aseguran que la trombosis de May se debió al trauma increíble de que mi padre sobrevivió a la explosión de un avión en pleno vuelo. Eran tiempos en los que las naves volaban sin cabina presurizada y la carga de dinamita que incendió parte de la cola del avión no impidió que el heroico capitán Tamborell aterrizara el DC-8 de la vieja Mexicana de Aviación en un llano de Poza Rica, Veracruz. Allí está mi padre en la portada de todos los periódicos bromeando con la cara y las manos quemadas. Echando chistes como siempre lo hizo para conquistar a mi madre, pero May ya estaba al filo de su silencio y la amnesia le amaneció de golpe como una neblina enredada en el cerebro. Un error de costura.

La memoria es un bosque por donde anduvo mi madre medio perdida durante una docena de años. Su hermana Lola le ayudó durante los primeros tiempos a reconocer las letras, las que son vocales y así armar de nuevo las primeras palabras. Muy lentamente, May fue asociando caras conocidas a los nombres que parecía recordar. Sus padres, sus hermanos, los amigos de la familia… y al final, casi un lustro después de que volara mi hermana Angelita al Cielo, volvió a decir el nombre de mi padre.

Mis padres se fueron a vivir a Colonia en el norte de Alemania por una beca que le dieron a mi papá y un trabajo que consiguió en la embajada de México en Bonn. Según consta en un calendario amarillento, pasaron un fin de semana de enero en Berlín para vivir los días más sonrientes desde que habían sido novios o recién casados en Sausalito, California, cuando mi padre estudió en la Stanford University. Mi mamá no hablaba y sólo sonreía, todas las voces en alemán le lloverían alrededor como una cascada de migrañas, pero mi padre se encargó de que esos días en Berlín se volvieran la luna de miel que no habían cuajado del todo en Acapulco ni en San Francisco. Hubo dos comidas de aquel enero de invierno alemán a la luz de velas en tabernas que parecían de novela decimonónica, con alargadas mesas de madera donde se sentaban tiroleses en trajes de lana y gordas con flores en la cabeza con inmensas jarras de cerámica rebosantes de cerveza, pero hubo una noche bajo cero bañada con ese vino blanco del Rin que llaman *Liebfraumilch*, con música de salón y un tiempo sin tiempo ni prisa alguna que llevó a mis padres en andas a la habitación de edredones de pluma, en vilo abrazados frente a la chimenea crujiente y toda la nieve que caía por afuera de la ventana como testigos del instante exacto en que me encargaron.

Nueve meses después, nací en una habitación que acondicionaron en la embajada porque mi padre insistía en su afán de que la cuna fuera de puro territorio mexicano y el embajador, que era un demente, autorizó la operación. A partir de aquel septiembre de 1962 empezó un plan de relevos que habría de durar más de una década en la que mis tíos y abuelos, sus amigos de la embajada, los compañeros de la universidad alemana y dos vecinos se alternaban los cuidados de pañales y mamilas, letras en pizarra y libros de primeras letras para que mi madre siguiera buscando un camino en el bosque de su pretérito perdido. Todos cuidaban de un niño recién nacido y, al mismo tiempo, de la niña que era mi madre aprendiendo a vivir de nuevo. Cada verbo un árbol, cada evocación del pasado un sendero de piedras grandes y lisas, recovecos de hierba, la nieve de todos los tiempos, el mareo de todos los verdes en primavera y la música del verano como eco de una noche en la que bailaron juntos en Berlín.

Al año, mis padres volvieron a viajar a París, pero ya no iban solos. Festejaron mi primer cumpleaños dejándome con una mucama francesa del Grand Hotel, mientras se cruzaron a la Ópera y volvieron para cenar en el Café de la Paix. Un año después, mi padre consiguió trabajo en la embajada de México en Washington, D. C., y cumplí dos años quizá no del todo consciente de que mis padres se habían vuelto a embarazar. Ahora, su noche fue cerca del Capitolio en un baile de los congresistas norteamericanos, con música de la orquesta que sobrevivió a Count Basie, con vino francés y algún toque de bourbon. May volvió a sonreír como en la nieve de Berlín y en abril del 64 nació mi hermana Maylou.

Washington era la ciudad blanca de monumentos en mármol y prados verdes poblada por una multitud de negros, cuando aún no era políticamente incorrecto llamarles así. Los mejores amigos de mi padre eran

24

los negros que despachaban gasolina en un callejón que daba a Connecticut Ave. Papá los había engañado con una fotografía que cargaba en su cartera de una gordita entrañable que se parecía a Aunt Jemima o a la nodriza gorda de *Gone With the Wind*, diciéndoles que era mi abuela de Guanajuato. Así era él: de joven había hecho una carrera atrevidamente divertida como imitador de voces en la radio mexicana y ahora andaba de funcionario diplomático, con una mujer y dos hijos. De día y de corbata era infalible y más que funcional en asuntos de embajadas, pero de tarde en tarde y cada vez que podía volvía a encarnarse en el histrión de las mil voces. *El polifacético y sorprendente Gargantilla*, como lo anunciaban en la radio. Mi padre había viajado varias veces a Washington en busca del empleo que finalmente consiguió y había estado al pie de la escalinata del Lincoln Memorial el día en que Martin Luther King declaraba su sueño, que en ese entonces parecía utopía pura. Mi papá era un Zelig o un Forrest Gump mexicano, siempre aparecido en el escenario preciso de un instante histórico, mimetizándose con toda escenografía. Si tenía que participar en reuniones oficiales de la embajada con funcionarios de todo el mundo, parecía diplomático de levita, aunque hablaba inglés como Cantinflas en el globo de Phileas Fogg dándole la vuelta al mundo, y si se escapaba a cualquier tertulia era capaz de reproducir de memoria escenas de películas con las voces perfectas de los protagonistas.

Cuando nevaba, Georgetown parecía Berlín y mi madre pasaba la mayor parte del tiempo de los días cortos sonriendo por la ventana de la pequeña casa que ya era hogar para los cuatro, con las visitas en relevo de todos los parientes que le seguían apuntalando el bosque de su memoria. Mi padre desayunaba antes del amanecer y volvía de la embajada al filo de la medianoche. A la fecha, escribo de madrugada quizá en espera de que todos los días vuelva mi padre.

En los meses o quincenas en que no había familiares de visita, en esos días cada vez más espaciados en que mi madre se podía valer por sí misma aunque no estuviera mi tía Lola para ensayar con ella palabras y nombres, juegos de memoria y volver a tejer, dependíamos de una muchacha mexicana que fue nana de mi hermana y mi rival en guerras con bolas de nieve, indios y vaqueros en primavera con penachos de plumas u obritas de guiñol que improvisábamos con las sábanas de las camas. Los días eran paseos por calles con casitas alineadas en maquetas perfectas, con ventanas de persiana de madera y arbolitos alineados en fila hasta llegar al claro de los monumentos. Es la ciudad de los inmensos bloques en blanco con claros verdes abiertos en flor, y May me llevaba de la mano por una calle donde veíamos a san Esteban trepado al muro de una iglesia de ladrillos rojos, el elefante inmóvil del Smithsonian, la cápsula de los primeros astronautas y el Capitolio como pastel de merengue al fondo del mantel verde en verano o sábana blanca de invierno que se extendía hasta tocar el Potomac, ese río de patos ocres y un raro olor a mar. Banderas al vuelo, coches con calefacción o aire acondicionado, la televisión en blanco y negro, una ciudad que se armaba con los cochecitos que venían en cajas de cerillos, trenes a escala, aviones de cuerda y todos los dulces del llamado Distrito de Columbia que no tenía metro. Era la era de Acuario y la música de todos los grupos de todos los colores parecía salir de cada ventana o de los pequeños radios de transistores que muchos cargaban al oído, como ahora hacen con los teléfonos.

De vez en cuando mi madre decía *perro* o *nube*, *claveles* o *chocolate* como si narrara en voz alta lo que veía entre todos los árboles verbales que se le cruzaban por la mente. May hablaba solamente en español, porque los otros idiomas que hablaba de joven, los números de sus contabilidades y muchos nombres de su pasado en México se habían perdido en la amnesia. Yo iba aprendiendo inglés y español en constante traducción con la muchacha o con las primeras palabras de mi hermana, pero no entendía el vacío. Llegaban mis abuelos y mis tíos, se quedaban semanas enteras ensayando con mi madre la recuperación de sus recuerdos con álbumes de fotografías viejas y películas en 16 mm que traían de México, compraban todo lo que se compraba en esa época ahora inconcebible en que la ropa, zapatos, dulces y chucherías conformaban el sueño americano de todo viajero mexicano y se regresaban a Guanajuato quizá contentos con que May había recitado mejor las vocales, los adjetivos calificativos de ciertos vestidos y músicas o algún nombre nuevo asociado a la imagen en un álbum.

A menudo yo lograba esperar la llegada de mi padre a casa y platicarle el informe diario de los paseos, las reacciones de mi madre cuando íbamos al zoológico donde en invierno encerraban a los elefantes en unas inmensas habitaciones enrejadas que atrapaban el olor a paquidermo, donde una vez escuché de metiche a una guía que hablaba de la memoria perfecta de los mastodontes, sin poder soltarme de la mano de mamá. A mi padre le contaba de los museos y de las estatuas, de todas las iglesias de diferente credo y mobiliario a las que entrábamos al azar para descansar en sus bancas y de vez en cuando escuchar que mamá recordaba ciertas oraciones o jaculatorias de su infancia, y le informaba a mi padre de los lugares donde comíamos porque cabía la carriola de mi hermana o por los antojos de la nana que aprovechaba para ligar con albañiles gringos cuando nos quedábamos horas enteras en las bancas de un parque. Un jardín público cerca de Georgetown tenía un trampolín siempre poblado por jóvenes que me ayudaban a brincar por los aires, y allá arriba volando, ver a mi madre allá abajo, sonriente siempre, perdida su mirada en las nubes.

Mi padre me contaba de sus amigos de la embajada y de Bobby, el hermano de un presidente asesinado, que se había vuelto muy cercano a papá por amigos en común, pero sobre todo por las imitaciones de voces. Con Bobby y su hermano Teddy mi padre clonaba la voz de Jack, el mayor de ellos asesinado cuando mis

padres vivían en Alemania, y en la pandilla que forma-
ban con senadores y políticos, artistas y escritores norteamericanos se sentían habitantes de una recreación
de los bosques de Camelot, pero con un mexicano di-
vertidísimo que los hacía reír al filo de una década que
amenazaba concluir sin colores. Décadas después, mi
padre y Teddy se llegaron a parecer tanto que los confundían con sus melenas blancas, y cuando papá se fue
de este mundo con una sonrisa en los labios, Teddy
le envió una carta a May donde subrayaba la palabra
remember como promesa de que nunca lo olvidaría.

La mitad de la familia católica, apostólica y guanajuatense decía que mi papá había estudiado Economía sólo para ligarse a May, unir sus contabilidades y
finanzas para juntos buscar una beca en la Stanford
University y luego conquistar Alemania, sin imaginar
que sólo uno de los dos recordaría las álgebras y las
gráficas, los modelos de oferta y demanda y las letras
de todos los libros con los que lograrían obtener becas. Por eso la ciudad blanca que conquistaba mi padre
era, por un lado, de salones de política internacional,
embajadas de candelabros y de vez en cuando el piano
bar del Hotel Mayflower donde se juntaba con Bobby y los políticos o periodistas gringos, carcajeándose
de los *sketches* de Bob Hope y las rutinas de *stand-up* de
todos los cómicos que se memorizaba mi padre como
si siguiera al micrófono de la XEW de México, y por
el otro, la casita de ladrillos donde vivíamos los cuatro
con la nana en una burbuja ajena a los candelabros.

En la blanca ciudad de los hombres púbicos mi papá cantaba canciones de Frank Sinatra con la idéntica voz de *Ol' Blue Eyes is Back* o *standards* a la Tony Bennett, pero también boleros de Agustín Lara y las canciones que en esa época eran nuevas de un tal Armando Manzanero. En la casita de Foggy Bottom, a la orilla de Georgetown, fue llenando estantes de libros y de discos de acetato para que los fines de semana saliera música por las ventanas como si cada melodía se metiera en el bosque callado que guardaba May tras los párpados, cada día más hábil con las costuras, con doblar la ropa que se lavaba, con repetir palabras en español e hilar pequeñas frases con mi hermana que ya aprendía a caminar.

Todo se hablaba porque todo se decía en voz alta al andar. Ver para reconocerlo todo, andar como explorar. Íbamos a la tienda de la esquina del griego Mr. Nikols y decíamos en voz alta —mi madre en español y yo en inglés— todo el mobiliario del paisaje: *tree, truck, empty bottles...* puerta, el hombre toca violín, las galletas de animales. El Griego le decía May, como si la conociera de siempre, y un día descubrió que mi madre iba sumando en murmullo todas las cuentas de la compra. A partir de ese día, mis tíos que llegaron al relevo desde México le pusieron cuadernos de cuadrículas pequeñas y mi madre se dedicó a sumar cifras que asociaba con nombres, que si los teléfonos de todos los rostros que recordaba, que si la suma de los días, que si el peso de las verduras asociado a cada uno de sus colores. Un kilo de rojo eran tomates, medio kilo de verde pálido eran ejotes y siete amarillos eran elotes de maíz que comíamos casi todos los días bañados en mantequilla. Mi madre se volvió de números y quizá por ello se prolongaría durante tantos años su recuperación de palabras, la asociación de nombres con caras precisas y el uso de todas las cosas.

Llegó de pronto la noche en que incendiaron Washington. Mi padre no pudo llegar de la embajada y las calles fueron tomadas por el ejército, que hasta entonces solamente habíamos visto de verde en los noticieros que hablaban de Vietnam. Los soldados de los monumentos, los que hacían guardia en las cenas de gala de las embajadas, los apostados afuera de las oficinas de gobierno vestían uniformes de gala sin cascos y mi madre los había visto como juguetes de la inmensa maqueta blanca de los monumentos en mármol en las ocasiones en que mi padre la llevaba a los compromisos oficiales, pero esa noche vimos por todos lados a los soldados de verde y casco que parecían haber invadido la capital de su propio país con metralletas al hombro. La blanca Washington se volvió de noche la ciudad en llamas que olía a quemado y por todos lados multitudes negras rompiendo cristales, quemando llantas, robando televisores y aires acondicionados, botellas rotas. Alguien nos explicó después que se trataba de la lucha por los derechos civiles, que se trataba de conquistar una igualdad y no más bebederos separados para los negros, no más viajar en las últimas filas de los autobuses como lo hacíamos con la nana y la carriola de mi hermana cuando nos decían los conductores que

nosotros también éramos de color. Contra todo proto-
colo de la embajada, mi padre marchó con sus amigos
negros de la gasolinera en una protesta con pancartas,
y a partir de esos incendios asistimos todos los domin-
gos a un templo en la zona más negra de la ciudad
blanca para cantar *gospels* e incluso escucharle a mi padre un sermón que se aventó con la voz del reverendo
Martin Luther King Jr. desde un púlpito morado rodeado de flores amarillas. Papá lo imitaba con todo y
sus pausas iluminadas y todos los feligreses coreando
frases enteras que mi padre se había memorizado como
si fuera un guion para la radio. La ironía obvia es que
mi padre no tenía nada de negro, y aunque su voz podía sincronizarse con canciones de Sammy Davis, otro
Jr. o con los coros de The 5th Dimension, él se parecía
más a Teddy Kennedy que a Louis Armstrong, pero
al imitar cualquiera de las voces que clonaba parecía
capaz de cambiar de piel, amorenarse o enrubiarse según el caso, y había veces en que May y mi hermana se
desconcertaban mirándolo como si no lo reconocieran
en cuanto hablaba con otras voces.

Quemaron la ciudad blanca y, con ella, los nervios
de May. No pasaría mucho tiempo para que mi padre
se inventara una utopía. Un amigo nicaragüense que
trabajaba en alguno de los bancos del mundo que tienen sede en Washington le habló de una propiedad
que alquilaban podría decirse que enfrente de su casa
en un bosque cercano, ya en el estado de Virginia. El
lugar se llama Mantua y el nicaragüense Mario tenía
una hija que había nacido el mismo día que mi her-

mana Angelita. La niña se llamaba Brenda y hablaba español como Maylou y yo. El día sin fecha en calendarios en el que mi padre decidió alquilar la casa en el bosque de Virginia, mi madre se la pasó balbuciendo lo que creía que era una epifanía: Angelita había vuelto de sus nubes y no tendríamos que volver a habitar jamás la ciudad en llamas que habían tomado por asalto los soldados.

III. *Grass.* Pasto, Césped

Me acuerdo del olor a pasto recién cortado o ¿diré que recuerdo el aroma del césped recién podado? Todo lo que recuerdo tiene más de un sentido, sonido o forma y quizá la memoria se compone de una interminable procesión de notas e imágenes que se pueden decir al menos con dos nombres diferentes. Dos nombres para cada cosa y quizá para esa diferencia que existe entre el rostro de una persona y las caras de la gente. Memoria como mil fotografías que retratan todo en más de un lenguaje, dependiendo más del lente con el que se miraron que del objeto retratado. Toda la realidad digerida en dos idiomas y todas las palabras multiplicadas por el tiempo porque quizá de la memoria de las cosas nacen los nombres. Mario y su esposa Grace, con una hija que dejaba de llamarse Brenda para volverse Angelita, serían nuestros vecinos en el bosque ya convertido en hogar, un lugar de senderos más que de calles, donde las fachadas alineadas de la ciudad blanca quedaban sustituidas por telones inmensos de follaje, el caos verde de hojas ocres y naranjas en otoños apilados, y luego los inviernos lo volvían todo una página en blanco por donde cruzaba una liebre dejando con brincos una rara tipografía que de pronto parecía deletrear la presencia de un venado.

Olmo, pino, chopo, roble, cerezo… lo que recuerdo son árboles que cubrían paisajes y el bosque se volvía una sombra de hojas entreveradas y amarillentas en vuelo. Se escuchaba un murmullo constante de follaje. Cada estación y cada clima con los colores cambiantes del mismo paisaje, como si cada uno de los árboles cambiara de nombre al cambiar de color. Se formaba una geografía íntima de amarillos y naranjas en otoño con algunas hojas rojas y muchas de café cartón, y las ramas secas en la nieve de todos los inviernos parecían delgadísimos dedos extendidos sobre papel. Luego llegaba el retoño de verdes en primavera y la quietud callada y somnolienta de cada verano. Árboles de todos y míos, de portería de goles y zona de *touchdowns*, de casas inventadas para muñecas y corrales de lodo para lluvias. En el otoño formábamos cerros de hojas secas y luego nos tirábamos encima y las echábamos a volar como un adelanto de nieve ocre, como la lluvia congelada que habría de llegar en cuanto los árboles se quedaban desnudos. En el verano eran los que daban la sombra para el insoportable calor y en primavera parecían un recordatorio constante de que cada año que pasa es el mismo, pero diferente. En invierno desaparecían los caminos y todo se resbalaba, los días cortos eran recuerdo intacto de Alemania para May y, conforme pasaban los meses, los relevos de familiares que venían de México se determinaban más por los climas que por urgencias de su memoria.

May se hizo valer mejor con la vida del bosque y el doctor Morales mexicano y su esposa Rini le enseñaron incluso a manejar su coche. Vivían en el mismo bosque y los conocimos por una consulta médica y se convirtieron en amigos de toda la vida. Nos llevaban con su familia a paseos y durante varios fines de semana se abocaron a enseñarle a May a manejar; más bien: le recordaron cómo se conducía un automóvil y mi madre recuperó la mecánica de una parte de su memoria asociada a los coches de su juventud, los trayectos de todos los días cuando aún era soltera en la Ciudad de México y, quizá por ello, cuando salíamos en coche del bosque asociaba vistas y calles, cruceros y pequeños centros comerciales con lugares y caminos que parecían escaparse de su amnesia. A mis abuelos les divertía la confusión entre el Distrito Federal y el Distrito de Columbia o cuando a May Little Rock Road le parecía el camino de Xochimilco y Prince William Drive era ahora clon de una calle en el Pedregal de San Ángel, y aunque sabía maniobrar perfectamente cada función del automóvil, May andaba en su mente recuperando calles de un pasado que en realidad ya no existía o, al menos, ya le quedaba muy lejos.

Hubo entonces muchos días en que no salíamos de casa, ni del bosque, por las nevadas o por el hielo, pero también por el velo de su propio silencio cuando prefería quedarse callada mirando por las ventanas, hablando para sí misma, perdida en su propio bosque. Cuando había parientes, les dio por leerle en voz alta y también hacerla leer palabra por palabra dos libros que parecían uno y el mismo. Alternaban páginas del *Quijote* de Cervantes con la *Historia verdadera* de Bernal

Díaz del Castillo, y años después cuando intenté volverme historiador yo mismo llegaba a confundir pasajes de ambas obras. No diré que mezclaba a Cortés en un campo toledano poblado por molinos de viento, pero sí que no pocas andanzas del Caballero de la Triste Figura las tenía yo mismo memorizadas como escenas de la matanza de Cholula o la subida al Popocatépetl en busca de azufre para pólvoras de la Conquista. Me imagino que lo mismo sucedía en la mente de May, que por las tardes leía párrafos del inmenso volumen del *Quijote* como si fueran una continuación del idéntico tomo que le habían leído por la mañana donde Bernal hablaba minuciosamente del mercado de Tlatelolco como cosa de encantamiento, pero ella avanzaba por sílabas y de pronto había sabores y olores que se desprendían de las prosas que le hacían recordar alguna escena de su pasado y todos auguraban el despertar cada vez más cercano de la amnesia, cuando en realidad yo incluso niño percibía que no eran más que ilaciones de un tejido de memoria inmediata, como de juego de naipes.

Así lo comenté con Mrs. Elaine Grabsky, que era vecina del bosque y la más generosa anfitriona en las rondas de cada Halloween. Sentía confianza en su sonrisa y año con año llegábamos en parvada los niños disfrazados hasta la puerta de su casa y nos llenaba las fundas de almohadas con toneladas de dulces. Éramos niños que caminábamos al colegio del bosque —que de seguir viviendo en Washington hubiéramos sido pasajeros de autobuses amarillos— y en el trayecto que me inventé con Brenda como Angelita y Maylou veíamos siempre a Mrs. Grabsky en la ventana de su casa y un día salió acompañándonos hasta la primaria no por hacernos plática, sino para enterarnos de que ella era maestra allí donde nosotros éramos alumnos. Ella era de sexto grado y a mí me faltaban cinco para que pudiera ser mi maestra, pero con ella desahogué a partir de entonces todas mis quejas escolares o de casa: que si miss Umbrella de primero me tenía poca paciencia, que si Mr. Lane el director insinuó que yo padecía *mamitis aguda*, la vez que Mrs. McKercher de tercero se carcajeó delante de todos mis compañeros porque confundí la Biblioteca del Congreso con la casa particular de un amigo de mi padre o que si Mr. Tessier de cuarto no me dejaba jugar a los quemados con el resto del salón… con Mrs. Grabsky hablaba de todo y de May y de cómo me llegaba a sentir culpable cuando no entendía sus vacíos, porque le contestaba con hartazgo e insistía en responderle en inglés cuando en realidad mi madre buscaba sus respuestas en español, y le contaba a Mrs. Grabsky que había cosas que sencillamente no sabíamos cómo se decían en español.

Sólo recuerdo que fue en otoño de quién sabe qué año cuando Mrs. Grabsky me regaló una libreta y me sugirió que escribiera todo lo que no entendía del todo. Me dijo que escribiera con la letra que mejor se me daba y no necesariamente la cursiva que enseñaban las otras maestras en clase, que dibujara muñecos cuando no supiera bien a bien qué decir y que hiciera listas de las palabras en inglés que luego necesitaba que me tradujera mi padre, cuando llegaba por las noches. Lo que pasaba es que May de pronto se desesperaba por no poder decir el nombre en español de *blender*, *ashtray* o *windowsill*, y ya con mi libreta esperaba a que llegara papá a medianoche, de vuelta de Washington donde seguía trabajando en la embajada, para que me dijera licuadora, cenicero o pretil de la ventana. Mrs. Grabsky leía mis libretas y decía que hasta ella podría aprender español con ese método, además de que elogiaba mis dibujos y me exhortaba a colorearlos.

En alguna ocasión nos regaló a mis hermanas y a mí unos lápices de colores que se volvían acuarelas con tantita saliva, pero sobre todo amainaba mi necio afán por reclamarle a mi madre sus ausencias como si lo hiciera adrede. Me arrepentía —quizá no al momento— de que la regañaba o le hablaba golpeado como si fuera un problema de estupidez no saber decir *table* en vez de mesa o quedarse muda ante la dependienta de una tienda cuando le preguntaban si quería *receipt*. Mrs. Grabsky era la amable terapia en medio del bosque de la amnesia de mi madre, donde aprendí a comprender que incluso hubo ocasiones en que May decía alguna palabra suelta en francés para hacerse entender en la oficina del correo o en la sucursal del banco, cuando teníamos que ir al centro del condado de Virginia para luego volver a la utopía del bosque de Mantua.

Al tiempo que llenaba mi libreta con lo que podría llamarse un cómic autobiográfico —una historieta de dibujos encuadrados con muchas palabras sueltas al azar donde un niño salvaba del olvido a su mamá con la ayuda de un súper diccionario bilingüe y familiares enmascarados como héroes de la lucha libre que llegaban volando desde Guanajuato— mi madre fue llenando cada vez más sus propias libretas con números donde sumaba, restaba, multiplicaba y dividía teléfonos del pasado, medidas de ropa, direcciones que anunciaban en la radio en números que ya sabía contar en inglés o las cifras memorizadas del español que para ella eran caras o lugares. 58 = Acapulco, 62 = Berlín, bosque es memoria, 7 es París, 1900 = abuelo Pedro, 89 es su papá, 11 es día de Lourdes y seda amarilla, alegría pura. Las niñas cantan lilas, los conejos son café, cada árbol una cifra y el bosque se recorría en paseos largos de monólogos callados cuando iba hasta la escuela a esperarnos a la hora de la salida, ya sola y sin la muchacha que la tuviera que cuidar.

IV. *Waters of chance*. Agua de azar

Quizá porque a May se le fueron llenando sus cuadernos de números, a mí también me dio por soñarlos. Soñar con números como si bautizara cada árbol, sumándolos de camino al colegio y luego restándolos de vuelta, y no que me volviera bueno para las matemáticas —como al parecer le pasaba a May—, sino propenso a una necia numerología donde intentaba encontrarle sentido a todo, incluso en sueños del bosque convertido en números. Los sigo soñando, ¿o diré, mejor, que desde mi infancia sueño *con* números o *en* números? No sé. No lo sé. ¿Quién sabe?

A, B, C, D... eighthundred, seventythree... you are he, as we is me... of thee I sing... A, B, C, D... One, two and three... eighthundredseventythree...

Lo cierto es que desde siempre sueño con números, y los sueño también despierto. Ha habido días —muchos, si no todos— en que veo despierto caras que soñé y números que se acumulaban como sumas invisibles en mi cabeza mientras dormía. *Daydreams* le llaman a la distracción crónica o a la efímera ausencia de la atención mental y yo, de niño, me la pasaba *daydreaming* números que no parecían tener lógica alguna hasta que despierto, y de día, sin aviso ni razón, aparecía como coincidencia cualquier suerte de explicación: que soñaba durante noches enteras la repetición hipnótica del número 22 y, semanas después, se me asignaba esa misma cifra en la lista de alumnos de mi clase de primaria; que soñé durante una semana entera la palabra *uno*, en el español de México que hablaban mis padres, y al llegar el sábado siguiente mi padre, con sus amigos, repetía y repetía el disco donde Gardel cantaba como ave la misma cantidad verbal, y que soñé despierto que todos los animales del mundo se reunían sobre una playa de arena negra en grupos de siete y Mrs. Grabsky me asignaba de tarea dibujar *seven zebras*, sin que le hubiera confesado mi profecía, mientras escribía en el pizarrón *siete cebras* en inglés con letras blancas sobre el fondo negro que ya sustituyeron algunas escuelas por el prado verde que rechina hasta los huesos o esa tabla blanca donde ya ni gises usan.

Seven zebras, two french hens, forty bombs over Danang... Eight and seven and three... and that's the CBS News with Walter Cronkite... That's the way it is... Seven o'clock... Eight thirty bathtime... Three blind mice...

Una noche soñé con nueve ceros que desfilaban sin música en un castillo, en forma de ocho o infinito, donde peleaban a muerte un siete de color morado contra un cinco vestido a rayas, y fue la víspera de que mi padre me llevara al DC Stadium (que luego se llamó RFK, cuando mataron a Bobby) para ver al equipo de baseball o beisbol de los Washington Senators (que luego se convirtieron en los Rangers de Texas), precisamente el último día que jugaron en Washington, remontando en la octava entrada un marcador adverso de 5-1 que les asestaban los Yankees de Nueva York, para llegar a estar encima 7-5, cuando bajaron a la cancha unos fieles aficionados que no querían que desapareciera nuestro equipo y los *umpires* decidieron dar por terminado el juego y parecía que ya para siempre desaparecía el *baseball in the Nation's capital*, y luego Mrs. Grabsky me dijo que lo que soñé era como una predicción del *scoreboard*, pero en los *bleachers* no le decía nada a mi padre, que miraba absorto cómo los aficionados de veras se robaban las bases, una por una, para quedárselas de recuerdo en sus casas.

First base, then you steal second... and three hundred feet is a homerun... Eight thousand fans and Seven-Up is a drink full of bubbles... Then you round third base and run for home... run home... Homerun...

También soñé tres noches seguidas con veinticuatro soldados de plomo que se enfrentaban a tres inmensos pinos de boliche en trincheras de caramelo o melaza marrón como lodo, y fue la víspera de que mi padre me llevara al RFK Stadium para ver el futbol americano o *football* a secas donde mis Washington Redskins aplastaban a los Dallas Cowboys con tres *touchdowns* y un gol de campo, para sumar exactamente el marcador que había soñado. Regalaban tres puntos a los vaqueros visitantes para que así salvaran el honor de su derrota y Mrs. Grabsky me dijo, la víspera del partido, que a lo mejor soñaba con los soldados y con el lodo porque habíamos tenido que asistir al entierro en Arlington Cemetery del hermano mayor de mi compañero Bruce Cooley, a quien habían matado en Vietnam, y luego resultó que lo que soñé era el marcador final de un juego de futbol americano, y tampoco le decía nada a mi padre mientras gritábamos, en inglés, felices en las gradas.

Hut one, hut two, eightyfour, seventythree... Hike! And strike! One, two, three strikes your out... Pelé is a striker and Santos wins 15 to nil... Seven plus eight equals fifteen and three hot dogs please... Eight, three and seven...

En casa vivíamos en español, pero afuera, Washington, D. C., las calles, el bosque de Mantua y la escuela, el RFK Stadium y todas las caras del mundo estaban en inglés. Sólo una vez hablamos español en el estadio y fue porque vino a jugar Pelé con el Santos de Brasil, que en inglés se escribe con zeta como *zebra*, blanco y negro, como Pelé en el uniforme del Santos, y me llevó mi padre para intentar hacerme entender el otro futbol, el que no tiene tiempos fuera o *time-outs* y que jugaba Pelé como si jugara él solito contra los mareados gringos del Washington Darts, que nunca podían meter goles. Le di la mano a Pelé, cerca del *dugout* de mis Senators, en la raya de las veinte yardas de mis Redskins, y mi padre me decía que era como el sueño de Martin Luther King, la gloria del rey Pelé en la ciudad blanca donde tanto racismo habían descargado sobre la mayoría de la población.

Vivíamos en español por muchas razones, pero la más importante, porque nos decían que era la mejor manera para ayudar a que mamá recuperara su memoria. Decían los médicos y toda la familia de México que viviendo en español en casa sería más fácil ayudarla a recordar los nombres de todas las cosas y las caras de todos y las palabras de los libros y hasta las letras de las canciones que antes cantaba. Eso decían todos los médicos y todos los *Méxicos* que llegaban a mi casa en español, en la capital del inglés, porque todo el pasado de mis padres estaba en español y, por eso, decían que sólo despertaríamos la memoria de mamá evitándole todo el inglés que nos rodeaba, como si la distrajéramos de todo lo que fuera presente para que pudiera recuperar todo su pasado.

Así que no nos acompañó mamá cuando mi padre tuvo la descabellada ocurrencia —que le agradezco a la fecha— de llevarme en sus hombros, y a mi hermana mayor de la mano, lo más cerca posible del Lincoln Memorial, el día del homenaje a Martin Luther King; miles de hombres y mujeres buenos todos, de todos los colores, cantando lo que cantábamos en sus templos, ahora allí en el mismo templo de mármol donde el pastor que imitaba mi padre había cantado su *I have a dream*.

Do, re, mi… Nobody's right if everybody's wrong… Cherry blossoms, racial riots… One, two and three… Civil rights, sugar and spice… Eight, seven and three… Do, re, mi …

A mis hermanas y a mí nos habían enseñado a tentarle la memoria a May con anécdotas y adivinanzas, resucitándole recuerdos con rimas para cantar la Lotería y recordándole canciones en blanco y negro. El sol es la cobija de los pobres, el que llega tarde a casa es un borracho, al que se lleva la corriente es el camarón que se duerme… Su memoria parecía rellenarse con todos los sabores de las frutas y todos los colores, todos los nombres de parientes perdidos y lugares lejanos, que no conocíamos nosotros, pero recitábamos con ella para irnos haciendo juntos un mapa de palabras comunes.

Cuando a May le leían, y luego ella leía, y luego me dejaba leerle, el *Quijote* de Cervantes y la *Conquista* de Bernal Díaz del Castillo, las páginas se entrelazaban confusas hasta levantar ventas de campos de Castilla en Texcoco y gigantes desconocidos entre caballeros andantes de armadura que combatían con hombres vestidos de jaguar y de caballeros águila. A May le cantaban, y luego ella cantaba, y luego nos dejaba cantar con ella, boleros de Agustín Lara y canciones de su propia cuna y le mostraban fotografías de Xochimilco, que luego visitamos durante unas vacaciones de verano y todo parecía acomodarse en un rompecabezas que cobraba lenta lógica.

Mrs. Grabsky me sugirió muchas veces que hablara con mi padre sobre mi feliz recurrencia a soñar con números y luego confirmar sus azares con la vida cotidiana y los hechos de todos los días porque en más de una ocasión —ya fuera porque nos visitó en casa, o bien, porque asistió mamá a mi escuela para una de mis clases abiertas a papás— Mrs. Grabsky notó que mamá era de números, si bien no hablaba inglés o apenas aprendía algunas palabras: mamá podía sumar todos los naipes desparramados sobre una mesa y contar en unos cuantos instantes la suma de un puñado de fichas de dominó, tiradas al azar sobre la mesa. May era capaz de decir cuántos invitados había en un salón al que nos invitaron a celebrar el banquete de una boda con tan sólo mirar al vuelo la totalidad de las mesas y ya se sabía de memoria, habiéndola perdido, todos los teléfonos de todos los conocidos y familiares, todos los números que dictaban en la televisión, y en inglés, para comprar electrodomésticos, fajas, vajillas, herramientas de carpintería o automóviles usados. No se le iba una suma y era experta en restas, multiplicaba con las yemas de los dedos y hacía las divisiones que le dejaban de tarea a mi hermana mayor en menos de lo que tardaba en procesarlas la primera calculadora que hubo en casa. Mamá era de números y, desde niño, me gustaba pensar que era la única mujer del mundo que sabía cantar la música secreta de las matemáticas.

The windmills of my mind… One-two, one-two, history marches on…

The windmills of my mind… One-two, one-two, history marches on…

Eighty cherry blossoms, seven white monuments and three blocks to school… Woodstock and then Watergate… Seven dollars and eightythree cents… Eight days a week… Do you know the way to San Jose?…

De vez en cuando íbamos a Washington de visita y volvíamos a la tienda de Mr. Nikols el Griego. El viejo me dejaba hacer cuentas en la máquina registradora, mientras él tocaba su violín, hasta que llegaba a recogerme mi hermana mayor, llevando de la mano a la sonrisa de mamá. Muchas noches y atardeceres largos mamá cantaba hermosas canciones en español o se quedaba callada en sus propios *daydreams* cuando mis

53

hermanas y yo le ayudábamos a mi padre con la suma de los gastos y la resta de sus ingresos. Pero hubo un día en que mi padre y mi hermana Maylou descubrieron que todos los números que dejábamos apuntados en las hojas amarillas eran luego corroborados o corregidos por mamá. No dejaba recados, no escribía letras en español, pero hacía todos los números de nuevo, los volvía a sumar y corregía las restas. Incluso, hubo una noche en que mi padre observó porcentajes anotados en los márgenes de las hojas y todo quedaba como una magia secreta, sin sentido alguno, aunque parecía lo más cercano a la esperanza de que algún día May lo recordaría todo.

Daydreams o no, contar se volvía el cemento de la familia. Contar historias y todos los números y todas las cuentas que se pueden contar. A veces íbamos en coche hasta un puente de un paisaje en las afueras de Washington para contar los vagones de los trenes que pasaran y otras veces bajábamos andando, con canasta para picnic, para contar veleros en el río Potomac o los aviones que aterrizaban en el National Airport que ahora lleva otro nombre. Diario, siempre, hasta la fecha, sueño lo que cuento y casi todo lo contable lo voy contando, por escrito o en voz alta, como melodía irracional… el sonsonete constante que se volvió alimento de memoria. Como que voy contando los renglones de este texto o las páginas que se le acumulan, como que quiero restarle líneas o sumarle capítulos con el afán de que la cifra coincida al final con un propósito.

Ahora mi madre lo recuerda todo y, a partir de las sumas de números, ha hecho la suma de no todos sus pasados y los nombres de todos los conocidos y desconocidos del mundo. Recuerda todo lo que le quedaba en español, jamás recuperados los otros idiomas y las otras cifras de su pasado, pero May ahora recuerda al tiempo que yo escribo estas líneas para que quede memoria, ahora que soy yo el que empieza a olvidar ciertas cosas. No quiero olvidar, aunque tampoco quiero entender del todo la magia que había desde mi infancia en esta manía de soñar con números como quien suma historias.

Lo que quiero escribir aquí, en realidad, es el testimonio fiel de lo que nos sucedió a los cuatro, entre Washington y Nueva York, cuando mi padre por fin se enteró —y se convenció gracias a Mrs. Grabsky— de mi raro afán por sincronizar con números las cosas o las caras, los marcadores deportivos o los hechos de las noticias, que llegaban después de haber soñado sus cifras. Sucedió que durante casi veinte días soñé *eight-seven-three*, a veces en mayúsculas y a veces como números sueltos, que aparecían como dirección de una casa en una calle desconocida o como los números en el dorsal de unas camisetas deportivas. Casi todo un mes anduve soñando, casi sin dormir, hipnotizado de día en *daydreams* constantes, rondando en mi cabeza todas las combinaciones del ocho con el siete y el tres, sin que Mrs. Grabsky ni nadie atinara a fijar la supuesta predicción que todo ello implicaba.

Mi maestra entrañable, en persona, me acompañó a la embajada de México y le contamos a mi padre lo que sucedía. Desconozco si cruzaron miradas de preocupación o si juntos compartían una justificada duda sobre mi estado mental, pero no hubo resoluciones de llevarme ante un psicólogo ni de recetarme somníferos o calmantes.

A mi padre le dio por suponer que mis sueños de noche y mis *daydreams* de *seven, eight and three* tenían que ver de una manera sobrenatural con sorteos de la Lotería Nacional de México. En esa época no había loterías en Washington y mi padre se dedicó a llamar durante algunos días a varios amigos y parientes de México para encomendarles el encargo infalible de hacernos millonarios con la compra de billetes al azar en diferentes puestos, expendios y con vendedores callejeros, todos los números posibles con el ocho, el tres y el siete entre sus combinaciones, sumas o terminaciones. No pasaron ni dos semanas completas antes de que mi padre se empezara a desencantar. Llegaban llamadas desde México que le anunciaban, acaso, algún reintegro con el tres o un premio insignificante que había logrado el ocho, pero mi padre siguió prendido a la posibilidad de que mis *daydreams* y los sueños de noche con números significaran en realidad avisos de una felicidad garantizada.

Llegó entonces un viernes inesperado, con el que se inició el fin de semana más memorable o memorizable de mi vida. Un fin de semana —*three whole days*— por el que escribo estos párrafos con la intención de jamás olvidarlo. Mi padre llegó a casa ese viernes por la tarde más temprano que de costumbre y sin anunciar los porqués nos encomendó a mi hermana Maylou y a mí que hiciéramos maletas, que hiciéramos sándwiches y que lo ayudáramos a empacar una maleta grande para May y para él. Creo incluso que dijo que no necesitábamos mucha ropa, porque era "viaje de sólo tres días", y que cuando metimos todo en el coche y salimos de la casa con rumbo desconocido se escuchaba en el radio "Eight Days a Week" de The Beatles y en mis *daydreams* el atardecer se veía como un perfecto *seven* anaranjado, sin que supiéramos a dónde nos llevaba la aventura que había planeado mi padre.

Oscureció cuando ya habíamos llenado el tanque de gasolina y viajábamos en carretera, dejando atrás cada árbol del bosque de Mantua y cada una de *the streets and alleys of D. C.* Fue tanta nuestra insistencia, y ya instalados en el trayecto, que mi padre no tuvo otra opción que revelarnos a mi hermana Maylou y a mí, aunque May parecía entenderlo todo con el silencio de su mirada, que íbamos a dormir esa misma noche en Nueva York. Dijo que alguien en la embajada lo había convencido de que mis rondas de números soñados, de noche y dormido o de día y despierto, tenían que ver con las carreras de caballos, que había muchos casos de millonarios incidentales que se habían enriquecido de la noche a la mañana con tan sólo haber soñado los tres números de los caballos ganadores y que se había preparado para apostar una buena suma de dólares en todas las combinaciones posibles con ocho, tres y siete, sin importarle los nombres de los caballos ni todos los riesgos que implicaba su aventura. Es más, nos contó que quien lo había convencido del atrevimiento había sido el embajador en persona y que él sabía de estas cosas y nos habló de la *Triple Crown*, que en español es la Triple Corona, y que el embajador le había prácticamente asegurado que los números que yo soñaba tanto eran en realidad la combinación para una caja fuerte repleta de billetes en dólares como para precisamente nunca volver a trabajar en la embajada.

Mi madre cantaba en voz baja sus canciones en español, la carretera era ya un rosario de luces rojas y blancas que se iban deshilando sobre un telón negro cuando mi padre nos contaba a mi hermana y a mí que el Kentucky Derby se había corrido el primer sábado de mayo y que nos hubiera convenido probar la suerte de mis números en The Preakness Stakes que se corre en la pista de Pimlico, en Baltimore, Maryland, muy cerca de Washington, pero esa carrera ya había pasado también. Así que decidió no dejar pasar ni una sola oportunidad más y, con la ayuda del embajador en persona, había acomodado el fin de semana con hotel reservado y todas las indicaciones necesarias para que mi padre se jugara el futuro en el Belmont Park, Nueva York. Además, nos dijo que el 8 de junio de 1973, pocos meses antes de nuestro viaje a la fortuna, un caballo maravilla había hecho millonarios a no pocos aficionados precisamente en Belmont. A la fecha no puedo olvidar el nombre de Secretariat y su Triple Corona en cuadros azules y blancos, sobre un lomo rojo de velocidad pura hecha caballo. En la interpretación de mi padre —y quizá también del embajador— los números se colocaban perfectamente para que hiciéramos el viaje, pues si Secretariat había ganado un día ocho del año siete con tres, según ellos, había más que justificados motivos para suponer que *el niño* ya cantaba también la música de las matemáticas, o el secreto lenguaje de las predicciones.

Mi padre mantenía su euforia al volante y nos despertó cuando cruzábamos el Holland Tunnel, para que se nos llenaran los ojos con todas las luces del mundo, antes de llegar como los millonarios que pretendíamos ser a las puertas del hotel Waldorf Astoria y dejarle las llaves al *doorman*, como si nos estuviera esperando. No sé si la habitación era una *suite*, pero los cuatro cupimos en un inmenso salón que se dividía con una sala, y ya con los sándwiches digeridos, mi hermana y yo seguimos el mismo sueño que ya habíamos iniciado en la carretera. Lamentablemente, no recuerdo qué soñé esa noche, pero con toda seguridad no fue nada relacionado ni con *seven* ni con *three* ni con *eight*, ni con la fecha exacta de ese día ni con caballos de carrera.

A la mañana siguiente, temprano y con el *room-service* del desayuno ya expuesto en la sala que separaba las habitaciones, mi padre parecía ya todo un experto en todas las artes de la equitación. Nos habló de Secretariat, el centauro pelirrojo, que entre caballos se llama *alazán*, y a mí me sonaba a *Las mil y una noches*. Nos enseñó revistas con fotografías donde se veía que Secretariat había ya ganado el Preakness y antes el Derby de Kentucky, que desde 1948 no se daba el milagro de la Triple Corona que ganó en Belmont meses antes y que, ahora sí, convencido por mis propios sueños, Secretariat el alazán de la Triple Corona era un aviso de nuestra futura fortuna y mi padre terminó su discurso, levantándose de la salita entre habitaciones, convencido de que con ese caballo nos ganaríamos todo. Un todo, aunque en realidad no veríamos correr a ese caballo.

Eight-seven-three… New York City is the place to be… Three, eight and seven thousand buildings and all the lights… Nobody sleeps… Everybody dreams… Three and seven and eight…

En el *lobby* del Waldorf Astoria, mi padre explicó al *concierge* que mamá y mi hermana se quedarían en la habitación y que cualquier cosa que pidieran debería servírseles como princesas en potencia. Así que nos fuimos como dos hombres en taxi, y creo recordar que mi padre hablaba con el taxista de Secretariat y de la estatura de los *jockeys* y de tanta parafernalia de caballos que, de veras, parecía que mi padre era ya experto conocedor de ese mundo. De hecho, entramos a Belmont como si mi padre ya conociera las instalaciones y su primer comentario, ante una revista que compró junto con el programa del día, fue que de haber venido en persona al milagro de Secretariat no hubiéramos podido apostarle ni al siete ni al ocho, pues el "milagroso alazán ganó por más de treinta cuerpos y con tiempo récord de todos los siglos, pero sólo hubo cinco caballos en la pista de ese día… una carrera entre cinco caballos y así no se hubiera cumplido tu profecía".

Total. Suma y sigue. *In round numbers…* sólo recuerdo que el único día que fui con mi padre a Belmont no vi un solo caballo correr. Ni Secretariat ni ningún otro caballo o yegua o potro de postín. Alcancé a ver unos cuantos caballos anónimos y de lejos en los establos, y cuando caminaban hacia el círculo de ganadores, pero cuando corrían en la pista lo único que me quedaba visible era un bosque de piernas y de traseros de adultos, todos altos, que apenas les llegaba a la cintura y no me dejaban ver ni un claro de todas las carreras. También recuerdo, y por lo visto no he podido ni podré olvidarlo jamás, a mi padre enojado y confuso, rompiendo en miles de papelitos todos los boletos que había comprado con todas las combinaciones posibles del siete, del ocho y del tres, con todas las apuestas que se le ocurrieron para la tercera carrera, la séptima y la octava del día, y cómo volaban como copos de nieve seca frente a mis ojos mientras mi padre parecía recriminarme por la mala suerte.

También recuerdo que ya no volvimos en taxi al Waldorf, o que quizá tomamos un taxi desde aquel hipódromo hasta una estación del *subway* neoyorquino, porque tampoco olvidaré jamás que los lamentos de mi padre, que ya parecían más bien regaños, fueron acallados abruptamente por un arcángel que viajaba en el mismo vagón del metro. Era un moreno, con sombrerito claro, de los que se usan en verano, que me gusta recordar como cubano, aunque quizá o lo más probable era que fuera de Puerto Rico, con ese acento con el que se canta el español en el Caribe. Se le acercó a mi padre en el vagón y con un español suave, lleno de vocales, diferente al español de México que hablaba mi familia cuando visitaba a May, le dijo, *El niño no tiene la culpa... sea lo que sea... le haya ido bien o mal con los caballos... el niño no tiene la culpa de na'*, y cerró sus palabras con una sonrisa... y esa mirada llorosa, amarillenta entre su rostro moreno que jamás olvidaré, pues en ese mismo instante mi padre me abrazó y empezó a decirme los primeros de los muchos perdones que me regaló en Nueva York.

Volvimos al hotel y ordenamos *room-service* y jugamos dominó hasta tarde, viendo la tele, y nos reíamos y mi padre hacía bromas de haberse creído millonario. Y mi madre hacía todas las sumas posibles con todas las fichas del dominó y dormimos si no ricos, sí felices de una inmensa ilusión imposible. Al día siguiente mi padre liquidó la cuenta en el Waldorf con su recién estrenada tarjeta Diner's de crédito que días antes creía ilimitado y caminamos a la joyería Tiffany's donde le firmó con la misma tarjeta un collar de platas brillantes a mi madre, que calculaba en silencio los intereses por el pago con la tarjeta o no sé qué números de su música de siempre. Luego, fuimos los cuatro a la juguetería F. A. O. Schwartz, la más maravillosa del mundo, y mi padre firmó con su tarjeta una muñeca inmensa que caminaba sola para mi hermana y un pastor alemán de peluche que realmente parecía convertirse en mi guardián de carne y hueso, *una mascota de a de veras*, como dicen mis primos en español, y yo pensaba que a partir de ese domingo ya quedaba yo protegido de todas las rondas de los números y *no more*

confusions, no more war, no more soldiers… no more ra-
cial riots, robbers and bad guys.

Emprendimos el regreso a Washington al mediodía de ese domingo y, quizá ya preocupado por todo lo que había firmado con su tarjeta de crédito, mi padre se inventó que comiéramos en un restaurante de una gasolinera, donde volvió a cargar el tanque del auto para el viaje de vuelta y todo parecía embonar en una secreta melodía en cuanto mi madre parecía contagiarnos sus canciones y la mirada feliz con la que se distraía mirando la carretera o el paisaje como quien mira al vacío para reconocerlo perfectamente. Como quien lee el vacío, sin que nadie pueda entenderlo.

En realidad, no recuerdo cuántas horas duró el trayecto de regreso a Washington, ni cuántas canciones cantamos los cuatro juntos. No recuerdo las noticias en la radio ni la música que ponía mi padre entre los silencios de mamá… pero jamás podremos olvidar —y quedan estos párrafos como recuerdo— el milagroso instante en que mi padre enfilaba ya el coche para entrar a la casa… la sensación de calor feliz que significaba volver a casa en medio del bosque de Mantua y sabernos habitantes de un hogar en español en medio de un mundo en inglés y de confusiones todas… y el momento, al pie de la casa, *almost home*, en que mamá cantó en voz alta *ocho-siete-tres… Ochocientos setenta y tres…* y cómo los demás nos quedamos mudos, sin movernos, sin entender… y mi padre que le pregunta, *¿Qué es eso? ¿Por qué dices eso?…* y May que responde, en su español dulce, con la mirada que parecía aún anclada en el paisaje de la carretera o en el bosque de edificios de Manhattan, *Gasolina: dos tan-ques llenos, las casetas de carretera y del túnel, la cena del viernes, lo que firmaste con la tarjeta en el hotel, la comida de hoy en la carretera, y lo que dices que perdiste con los caballos... todo suma ochocientos setenta y tres.*

V. *Read.* Lee

Read es leer, red es rojo, red de pesca. Lee que Billy Bones le hereda el mapa del tesoro a Jim Hawkins en el Benbow Inn y le advierte que los piratas te avisan cuando te van a matar con una carta que lleva pintado un lunar negro. *The Black Spot* que te advierte que te van a matar cuando nadie es capaz de avisarte que John Silver traicionará tu incredulidad y tu inocencia y lee para que no te confundas entre Tom Sawyer y Huckleberry Finn cuando te pregunten cuál de los dos pinta la barda de blanco y quién de entre ambos es el enamorado de Becky Thatcher y en el colegio hubo un niño que te regaló la primera de tres o cuatro novelas sobre la familia de los Littles que tuvieron un hijo que era un ratón, y hace unos años alguien te predijo que todo lo que has leído ya se ha vuelto película en pantallas grandes o chicas y relees el mejor libro de tu infancia que es el que narra todo lo que escribía una araña con su propia tela de alambres en la esquina del portal de un pesebre en una granja y todo lo que escribía lo leía un cerdo y más grande leerás que los cerdos toman el poder de la granja y declaran que todos somos iguales, igual en maldad y felicidades, pero hay algunos animales que serán siempre más iguales que otros y recuerdas la tarde en que Cathy Shell te regala la novela de un grillo perdido en Times Square y consigues de milagro todos los libros con muy pocas fotografías que hablan sobre los héroes del deporte que tú quisieras imitar, pero no la historia de Brian Piccolo que murió de cáncer cuando su canción era aún muy joven y un profesor asignó la lectura de una versión abreviada de la historia de la ballena blanca que empieza con el nombre del narrador que ahora olvidas y mejor recuerda cada año leer la canción de Navidad de Charles Dickens y conviértete en Ebenezer Scrooge que espera sin saberlo todos los años la llegada de su amigo ya difunto Jacobo Marley envuelto en las cadenas de sus propios pecados y te llegarán a visitar los fantasmas de tu pasado, de tu presente y del futuro y sientes miedo y júbilo por Tiny Tim que no es el greñudo que canta en los programas que ves con papá.

Vuelves a los libros donde ya todos sabemos que los buenos vaqueros usan anchos sombreros blancos y que todos los bandidos visten de negro y te confundes cuando una maestra lee en la biblioteca en voz alta y durante varias semanas la historia de las cuatro plumas que se le dan a los cobardes sin que sepas por adelantado quién es de veras el héroe como lo fue Beau Geste en la Legión Extranjera cuando coloca al pie de la fogata con los restos de su hermano el cuerpo sangrante del villano como un perro para que todo sea como un entierro vikingo. Lee que lees lo que leen los demás pero que al leerlo vas pensando si todo lo que lees se lee igual en español y en otras lenguas, y al leerlo, imaginas si puedes traducir todas las palabras para que cada lector entienda exactamente lo mismo en cada página que transcurre.

Lee que Daniel Boone luchó en el Álamo y es mejor no comentarlo con mi padre ni mis tíos, pero sí las aventuras de cuando anda perdido en el bosque y llevaba su gorro de mapache como único cobijo para las nevadas donde su larguísimo rifle dispara de lejos a la silueta de un bisonte. Lee que Oliver Twist se anima a pedir más sopa porque es una injusticia la manera en que lo tratan en el comedor como si estuviera Mrs. Pasternak con el silbato y su pelo azul regañando a los niños de Mantua que no quieren comer la comida con la que sustituyeron el calendario y todo sabe a papel y que se lo traguen los hermanos Grimm y el autor de los cuentos de Mamá Ganso porque yo ya leo ahora las aventuras de Manfred von Richthofen que es conocido como el Barón Rojo, volando entre las nubes de Europa en un triplano pintado de rojo con el que les gana a todos los biplanos ingleses de la Primera Guerra Mundial, salvo a Snoopy que vuela en su casa de perro ametrallando el vacío en libros que reproducen con dibujos sus andanzas con Charlie y Linus, y Lucy habla como la niña que dijo que sólo leía cosas de mujercitas y entonces sacas el libro de *The Twilight Zone* que son cuentos basados en los guiones que salen en la televisión y nadie considera a Rod Serling como un gran escritor porque resulta que es el mismo presentador del programa y buscas los libros de misterio que dejó en tu casa tu amigo Lowell Meltzer y descubres que Agatha Christie escribió muchísimos más misterios que los que imaginas cuando vas al cine con tu amigo Bill para ver *Asesinato en el Expreso de Oriente* que te hace que lo leas y que opines con Mrs. Grabsky que crees que te gustan más las cosas leídas que vistas. Coincide con la época en que un tío te regala cinco novelas al hilo de James Bond, y te imaginas que tú mismo como agente secreto puedes salvar a tu madre de la amnesia pero te preguntas si no tendrás problemas en la corte de la reina de Inglaterra considerando que llevas años militando en el ejército continental de George Washington como enemigo de Londres porque leíste el libro que regalaban en la escuela con la vida de Benjamin Franklin y luego en la feria del condado de Fairfax regalaban libros con la vida de Abraham Lincoln y te aprendes de memoria la noche en que se le ocurrió ir al teatro Ford con su esposa y te llevan de excursión del colegio de Mantua para que veas el instante exacto en el que lo mata un actor que se llama John Wilkes Booth y nadie imaginaba que ese hombre tan guapo tuviera cara de asesino y piensas en los hombres que han matado a los amigos de papá y en las fotos de los asesinados en la Revolución mexicana que, cuando fuiste a México, una de tus abuelas te hizo aprenderte la regla de que uno no aprende a reconocerle la cara al mal, a los que engañan y mienten, hasta que de pronto se les sale un brillo leve en los ojos o una sonrisa que no viene al caso y entonces es como en la página setenta y cinco de la parte baja de un párrafo en el libro que te prestó tu amigo Quentin Brasie donde un marajá de la India reconoce que están a punto de abrirle el pecho con un puñal en medio de las sombras porque se refleja en un diamante verde el brillo engañoso que proyecta la mirada del asesino y dicen las maestras que si sigues viajando así en la mente serás el que por fin pueda inventar la máquina del tiempo de la novela que leíste al mismo tiempo que los demás niños de la biblioteca pública leían en coro la sombra del hombre invisible.

Recuerda que por esos mismos meses Elaine Miller te prestó su ejemplar de *Frankenstein* y que uno de los que jugaban beisbol en Mantua olvidó en el baño de la escuela un librito de cuentos de quién sabe dónde firmados por quién sabe quién y te los aprendiste de memoria y te dieron ganas de escribirlos tú mismo pero Mrs. Grabsky, y tu papá y luego Mr. Connors y otros escritores que eran sus amigos te enseñaron desde niño lo que significa que alguien se robe los textos de otro y la descarada vergüenza con la que no tienen el menor pudor para seguir mostrando su cara de rateros los plagiarios del mundo entero y ahora cuentan que en la escuela es mucho más fácil que los niños roben párrafos previos y ajenos para fingir que han leído lo que ni conocen en persona y recuerdas los días en que muchos de los libros los leías por las cubiertas, por el dibujo de sus portadas y los nombres de sus títulos y con May jugabas a comparar los títulos que sonaban horribles en español o los que cambiaban de sentido en inglés.

Leerás que son cuatro y no tres mosqueteros. D'Artagnan merece respeto aunque lo excluyan del título y en el bosque tus amigos jugarán contigo a las espadas hasta que alguien se aburra y proponga convertirlo todo en Sherwood Forest en ese instante y entonces te dicen Tuck por gordo y Robin Hood será el pitcher del equipo y los árboles dictan el cambio de trama para mañana porque alguien aprendió a gritar como Tarzán y ahora no es políticamente correcto recordar esas aventuras ni a los cargadores de las momias que resucitaban en blanco y negro en las tardes en que volvían a proyectar las películas de matiné que deberían ser exclusivamente matinales con la saga ininterrumpida de *Flash Gordon*, las coreografías de tamborazos de *King Kong*, las risas absurdas de los Hermanos Marx en historias que se supone que ya no eran de esta era que te toca vivir de niño y las carcajadas de la pandilla donde tú eres Spanky y Bruce es Alfalfa y se ríen a carcajadas de los falsos mexicanismos del Cisco Kid donde hay vaqueros con sombrero de charro y una novelita que encontraste en una gasolinera tenía vaqueros en la portada, pero una maestra te la quitó en clase diciendo que los párrafos eran pornografía pura.

Mejor volver al libro donde por una apuesta entre caballeros Phileas Fogg le da la vuelta al mundo en ochenta días y todos nos propusimos hacerlo algún día, sabiendo que el truco está en el cambio de los horarios, en los días que desaparecen y todo lo que cuentas y recuentas no es necesariamente lo que recuerdas, como el acento de papá que hablaba inglés como Cantinflas convertido en Passepartout, como patiño del Cisco Kid, como Speedy González como eres tú mismo si te lo propones y mejor inventas las voces calladas de todo lo que lees y a veces en la biblioteca hacen lecturas donde todos los niños hacen voces de personajes y quisiste hablar como Mark Twain que no era personaje sino el narrador y Becky la hermana de Quentin elige ser Becky pero la del libro y en el cuento de Navidad insistes en leer a dueto con cualquiera de las otras niñas para que te toque besarla debajo del muérdago que en inglés se llama *mistletoe* colgado en la puerta y canta lo que lees, que todas las letras de las canciones que te gustan son como pequeñas historias que narran algo, dicen algo, que no quieres perderte de nada.

Leerás los libros en español con los que quieren que poco a poco aprendas la memoria mexicana que intenta recuperar May en su laberinto y te regalan las aventuras de Emilio Salgari y sus corsarios, los cuentos de Calleja que alguien trajo de España y las leyendas de una ciudad donde un asesino en un puente preguntaba la hora a sus víctimas para que supieran exactamente a qué hora iban a morir… porque era él quien las mataba.

Lee la mentira de que George Washington jamás mintió, incluso cuando tumbó de un hachazo el cerezo que había plantado su padre y las verdades de cómo Abraham Lincoln construyó él mismo su primera casa con leños que cortó él mismo y que llegó a la capital del país impresionando a todo el mundo con su estatura descomunal y alguien de tu familia dirá que era el amigo más alto de Benito Juárez, cuya estatua está señalando el sentido del tráfico en un crucero cercano al edificio Watergate donde empezó la pesadilla de Nixon que todos los niños seguían en la televisión del colegio, celebrando que tendría que renunciar, odiándolo por mentiroso y engañoso, ahora que de adultos le lloran como añorado jefe de Estado y sus padres se ríen cuando recuerdan haber leído que era un presidente que se escapaba de la Casa Blanca por las madrugadas para hablar con los hippies en las escalinatas del monumento a Lincoln y que se arrodillaba a llorar con whiskey cuando todo el mundo, todos los mundos que bombardeaba y sentía dirigir se le enredaban como las tramas de los libros más complicados que ya leían los mejores lectores en la biblioteca.

Por eso hay amigos y adultos que ya te regalan los misterios de Agatha Christie y la colección completa de Sherlock Holmes y los libros empastados de Edgar Allan Poe y por las noches crees escuchar las alas del cuervo porque quizá ya no estás para leer aquello de que Humpty Dumpty se balancea al filo del muro y que llegarán todos los hombres del presidente para intentar curarle la cáscara partida, la yema derramada y la clara esparcida, porque quizá ya no quieres que se burlen de ti cantándote "Georgie Porgy" que solo y sólo juega con las niñitas, porque prefieres los cuentos de Edgar Allan Poe que parecen de adultos y repites las palabras que atraen al cuervo y las palabras que repite una y otra vez May hasta aprendérselas de memoria, pero en realidad llegas a hartarte y le dices a Mrs. Grabsky que May sólo está jugando a recordar lo que le muestran en las fotos y repetir lo que le dicen los tíos, las caras que señala.

Pero hay un día en que sales corriendo de la casa y entras sin tocar en la cocina de Mrs. Grabsky y le cuentas que May estaba viendo una fotografía que ya llevaban varios días mostrándole y repitiéndole la cantaleta de los nombres y de las caras para que ella a su vez los repitiera en lo que todos llamaban *memorización*, y de pronto, May provoca un silencio y hace llorar a todos porque sin señalar la fotografía, sin repetir los nombres de las caras, exclama que esa fotografía *La tomó Everardo en León, cuando estuvimos en La Quinta, con la tía María Elena* y corres a contarle a Mrs. Grabsky que May —ahora sí— habla de memoria porque ha recordado quién tomó la foto, no quiénes aparecen en ella y eso significa que ha visto con la mente, que ha vuelto a ver lo que estaba detrás de la cámara y eso es precisamente lo que te dicen que busques cuando lees todos los libros de la biblioteca, todas las páginas que te permiten viajar a otros paisajes y cruzar las cortinas del tiempo porque atrás de las letras como árboles está precisamente el bosque de la imaginación que es tuya, tan parecida a la memoria que parece construirse poco a poco tu mamá.

VI. *Write about life.* Escribir de vivir

Yo no era ningún niño santo, ni aspiraba a convertirme en ello. Si acaso, yo quería formar parte de los Boy Scouts y recorrer todo el bosque como aventurero de los cuentos de Salgari o Huckleberry Finn, pero a partir de ese viaje a Manhattan me dio por cobrarle la entrada a no pocos compañeros de la escuela y hacer que May los dejara boquiabiertos con sus juegos de números. Tom Fish llevó una bolsa de canicas y desparramándolas sobre la alfombra mi madre cantó en voz alta el número exacto que sumaban con todos sus colores de agua en vidrio; John Harding sacó una baraja entera con tarjetas de beisbolistas y May se memorizó de una sola vista los números de cada jugador... y yo me embolsaba un dinerito inesperado hasta que se enteró Mrs. Grabsky y me hizo prometer delante de mi padre que jamás volvería a inventarme un circo con las habilidades mudas de May.

Fue por esos días cuando le dije a papá que quería inscribirme en los Boy Scouts. Llegó antes de la medianoche de la embajada y la noche calurosa hizo que se le antojara tomarse una cerveza con el bosque de telón de fondo. Nos sentamos afuera de la cocina y allí me soltó un largo párrafo sobre la incongruencia de vestir el uniforme de los Boy Scouts con el parche de la bandera de los Estados Unidos cosido en la camisa. *Si te dejan coserle la bandera de México, yo no tendría inconveniente, pero que tú andes luciéndote con las barras y las estrellas nomás no te lo puedo permitir.*

Yo ya había tenido un disgusto penoso con lo de la bandera norteamericana y más de una discusión necia en cuanto mis amigos decían en inglés que era "americana". Por los relevos de mis parientes de Guanajuato yo ya sabía defender la idea de que América es todo el continente y no sólo los cincuenta estados de su unión soñada, pero el disgusto vino el día en que Quentin Brasie me enseñó a jugar futbol de mesa en la cafetería de la primaria. Todos los días se interrumpían las clases para que todos los alumnos de todos los grados comiéramos juntos en la inmensa cafetería que se parecía a la de las cárceles que veíamos en las películas. Nos custodiaba Mrs. Pasternak, una benévola anciana de pelo pintando de azul, que traía un silbato para impedir —aunque no siempre lo lograba— épicas batallas de comida donde volaban emplastes de puré de papa y molotes de arroz comprimido, discos de rancias hamburguesas y refriegas de verduras como si estuviéramos en algún pantano de Vietnam.

En alguna de las tardes en que los niños buenos sacaban cajitas de ajedrez para que jugaran entre ellos —que iban de pajarita al colegio y hablaban con las niñas de trenzas hiladas—, en esas tardes donde no se convocaban batallas de comida, a los demás nos dejaban jugar el futbol de mesa que me enseñó a jugar Quentin. Se toma una hoja de cuaderno —de preferencia limpia y bien planchada— y se dobla en tres o cuatro hasta dejarla como una tira más o menos angosta que parezca corbata sin puntas. Se toma entonces una de las esquinas y se dobla en triángulo sobre la tira (con lo cual todos aprendimos a decir isósceles) y se van sumando dobleces, triángulo sobre triángulo, hasta dejarlo equilátero. En una cara se dibuja el nombre o escudo de cualquier equipo de la NFL de futbol americano y en el anverso, el glorioso nombre o el inmortal escudo de los Redskins de Washington. Al escribir estas líneas ya se sabe el mareo irracional de los fanáticos ortodoxos de todo lo políticamente correcto que pugnan por cambiarle el nombre a mi equipo, pero en ese ayer Redskins no ofendía a nadie y sí, al menos, asustaba a los rivales que se colocaban del otro lado de la mesa para ese juego que Quentin explicaba con ligeros toques de dedos. El triángulo avanza con tres suaves empujones de la uña del dedo medio, como respingos que hagan girar al triángulo o deslizarlo inmóvil sobre la mesa de la cafetería hacia el otro extremo de la mesa donde ha de quedarse colgando al filo del abismo. Con una punta al aire se sumaba una anotación de seis puntos y con "patearlo" entre los dedos extendidos del rival se lograba un punto extra.

Según Mrs. Pasternak nos dejaban jugar futbol de mesa porque nos ayudaba a aprender a sumar... pero ese mismo día en que Quentin me enseñó el juego habríamos de aprender mucho más que eso, pues fuimos convocados para presentarnos en la escuela por la tarde: las niñas de vestido y los niños con corbata falsa, con ese nudo preanudado que se colgaba con un gancho en el cuello cerrado.

A la hora de la salida, cuando nos íbamos a casa para cambiarnos, se empezó a filtrar el rumor de que nos llevarían a un concierto. Un chismoso incluso llegó a afirmar que íbamos a ver a Ray Charles a Washington, pero al volver a la primaria, ya todos elegantes y subidos en la caravana de camiones amarillos, las maestras nos fueron informando que asistiríamos al Cementerio de Arlington, al entierro de Jim Clark el hijo mayor de una vecina, niño del bosque muerto como soldado adulto en una selva llovida, cuyo nombre jamás he de olvidar porque físicamente se parecía a Jim Morrison y porque en algún Halloween nos acompañó a los niños más pequeños del bosque a la zona más apartada donde habían inaugurado casas nuevas y porque tenía un hermoso perro llamado Bowtie que parecía hablar cuando ladraba y que a mis abuelas les gustaba decirle Moño.

Camino del cementerio nos fueron contando que Jimmy Clark murió cerca de Hanoi, que había actuado como un héroe no sólo porque salvó a su pelotón sino porque también había evitado la masacre de civiles que se proponía realizar un escuadrón del Vietcong, a los que todos llamábamos *Charlies*. Al llegar al Cementerio de Arlington había muchos compañeros del bosque que lloraban y otros muchos que ni eso podíamos hacer al ver las caras de los papás de Jim, absolutamente desencajadas y luego, como en las películas, los marines de uniforme de gala, los rifles que disparaban salvas al aire y los veintiún cañonazos... y en silencio de cámara lenta, la guardia de honor que iba doblando la bandera de las barras y las estrellas mientras un clarín tocaba un larguísimo lamento y a mí se me ocurre decir en voz alta que estaban haciéndole un triángulo como el del futbol de mesa y que me regaña una de las maestras más insoportables del universo y no se calmaron las miradas hasta que Mrs. Clark, la madre del héroe, me abrazó llorando y dijo, *Yes, George, just like football.*

Los Boy Scouts no me iban a permitir coserle la bandera de México al uniforme, pero a partir de la noche en que le dije a papá mi deseo de volverme explorador a lo yanqui le dio por apuntalarme con libros de México, fotografías de los paisajes y encargaba a los familiares que trajeran libros de texto o historias de México para que junto con May se me fuera formando una patria en la cabeza. Luego, le dio por criticar que hablábamos español con acento gringo, sin importar que nosotros le hacíamos bromas porque él hablaba inglés a lo Cantinflas o Tin Tan, pero tanto insistió en lo del acento que llegó el día en que me llevó con él a Washington, en vez de dejarme caminar al colegio con Brenda y Maylou como hacíamos todos los días.

No me dijo a dónde íbamos o por qué había decidido inventarse la excursión, pero insistía en que ese día me tenía preparada una sorpresa de veras y que luego comeríamos en la embajada y me dejaría hablar con los abuelos de Guanajuato y con los de la Ciudad de México desde el teléfono de su escritorio. Cuando nos acercábamos a Washington me repitió varias veces la pregunta de si me acordaba que año con año, en las noches del

Grito de la Independencia o en las cenas previas a cada Navidad, nos hablaba del niño pintado en el mural de la embajada que se había convertido en escritor. Era difícil que no me acordara: cada Navidad y cada noche del Grito nos llevaban a mis hermanas y a mí disfrazados de charro y chinas poblanas, nos soplaban la letra de las canciones rancheras, los solemnes versos del Himno Nacional y siempre, siempre, siempre pasábamos por la escalera del mural y papá nos señalaba al niño vestido de rancherito que se había convertido en gran escritor. No recuerdo si fue Brenda o Maylou la que en una ocasión preguntó cómo podría ser tan gran escritor un niño, lo que causó una carcajada abierta entre los adultos, pero tanto habló mi padre de aquellas visitas a la embajada que de pronto, al enfilar el coche en el estacionamiento del Capitolio, me dijo, *Pues hoy vas a conocer a ese escritor y vas a ver cómo se puede hablar inglés sin acento mexicano y español sin acento gringo.*

Carlos Fuentes venía caminando entre los estantes interminables de la biblioteca más grande del mundo. Llevaba un suéter de cuello de tortuga y parecía actor de cine. Me dijo que vivía de lo que escribía, que estaba navegando una novela inmensa y que se sabía de memoria dónde estaban los libros de no sé qué tantos escritores que mencionó repitiendo en perfecto inglés pedazos de su prosa. Luego bromeó con mi papá como si estuvieran en Tepito, con el español cantadito de la Ciudad de México y me firmó un libro suyo. Quedé hipnotizado y al llegar a la embajada y llamar a México no paraba de contarles a mis abuelos lo que acababa de regalarme mi padre.

Al día siguiente, a la hora del *Show & Tell* delante de la clase enmudecida, me sentí el niño más orgulloso del mundo cuando le presumí a la clase absorta que mi padre me había llevado a la biblioteca más grande del mundo, resguardada nada menos que en el Capitolio de Washington, D. C., y propiedad de un escritor mexicano, amigo de mi padre. Mrs. McKercher soltó la carcajada y con ella todo el salón, pero al menos quedó claro que mi papá me había presentado a un amigo que vivía de lo que escribía y hasta ella había leído uno de sus libros. Se reían. Yo pensaba que en español se oye bien vivir para escribir, escribir de vivir, que no es lo es mismo en inglés. *Write about life* puede conjugarse con *right to live, live to write* o *writing is life*.

Papá quería demostrarme que en el fondo del español o del inglés no importaba del todo el acento. Los Estados Unidos —decía— son el verdadero bosque y aquí todos los árboles hablan como mejor se las arreglan cuando se respeta el honesto afán por conseguir cualquier cosa, pero fíjate bien en cuanto alguien se empieza a burlar del acento sureño o de las palabras que vetan porque las consideran mal pronunciadas. Allí sale lo gringo y es donde se creen los dueños del mundo. Por eso no quiero que andes con uniformes donde bordan sus banderas; empiezas con eso y al rato te dará por meterte de soldado en su ejército de adultos y luego te devuelven en bolsa de plástico con la misma bandera doblada en triángulo sobre tu caja. Cuando te hablen del *Great American Dream* recuérdales que a veces también es pesadilla. Cuando se hable de eso, háblales de la bandera de México, de lo que sabes del águila con la serpiente y de todo lo que estudian tus tíos cuando vienen con mamá. Habla de que yo trabajo en una embajada que se dedica a intentar frenar las guerras, que no apoyamos los bombardeos de Vietnam y que lo que nos interesa de verdad es que cooperen todos los países entre ellos... y luego, con una carcajada inolvidable, añadió un *¡Nimodo!, si quieres también habla de que nos la pasamos pidiendo dinero prestado y que quién sabe cuándo podamos pagarlo.*

VII. *Listen.* Escuchar

Escucha. Papá los había visto en Hamburgo, cuando eran cinco, de plata y cuero negro. Uno fingía tocar el bajo y murió de una trombosis cerebral. Luego, fueron cuatro, como decir nosotros, y ella te ama y quiero tomar tu mano y ocho días de la semana y yo soy una morsa y todo es un tour mágico y misterioso a un bosque noruego donde voló un pájaro y un ave negra canta a la mitad de la noche con las alas rotas y los ojos hundidos y una anciana guarda las caras y los rostros en frascos que reposan sobre la ventana desde donde mira las lápidas de tanta gente solitaria y el pastor escribe sus sermones sobre el lomo del caballo de un circo con saltimbanquis que asisten a la boda de la pareja que por fin se casa al revés y las calles son de juguete donde el peluquero resguarda en la memoria todos los cráneos que ha peinado en su vida y un banquero sin gabardina corre bajo la llovizna donde las enfermeras le han querido vender flores rojas de amapola y dicen que hubo un accidente de un convertible verde donde se le reventó la cabeza a un hombre y el otro se despierta porque se cae de la cama, se arrastra un peine por la cabellera de fleco y corre por los andenes con sus hermanos para escapar de la estampida de todas las mujeres del mundo y los cuatro juegan a la baraja en el vagón de carga blanco y negro que pasa a la psicodelia del mar infinito donde navega el submarino amarillo perseguido por ogros azules en un paisaje de malvavisco donde hay flores del tamaño de las jirafas y todo huele a sol y la vieron parada allí y parecía tener diecisiete años en Berlín y bailaron toda la noche y luego retírate, vuelve a casa para que todos se reúnan porque todo lo que necesitas y lo único que necesitas es AMOR y estás al filo de la cama, con la piyama y las pantuflas de niño idénticas a las de los padres que se enteran de que ella se va de casa, que se va al norte a un concierto de nubes verdes y en sus ojos ves la nada ni huella alguna de las lágrimas y pides ayuda porque necesitas a alguien, no a cualquiera, sino Alguien con Mayúscula, que no sea Alguien Cualquiera, que cuando eras mucho más joven de lo que eres ahora no necesitabas ayuda de Nadie, y ahora que te ha cambiado la vida de tantas maneras ya no te sientes tan seguro y abres la puerta para que alguien te ayude porque todo lo que necesitas es AMOR porque no hay absolutamente nada de lo que hagas que no pueda hacerse, nada de lo que cantes que no sea cantado, nada de lo que digan que no permita jugar el juego porque todo lo hecho puede hacerse y nadie que no se salve porque lo único que necesitas es AMOR y el niño en el patio del colegio dice en voz alta que no puede encontrar satisfacción y las niñas corren cuando recita de memoria los versículos del diablo y todo se aplasta con la yema del pulgar y empiezan a brincar todos los niños y niñas como relámpagos que van hacia el corazón de la ciudad y un profeta de la sinagoga anónima dice que somos piedras rodantes y junta las letras del campo en plena ciudad del asfalto y ya no eres la morsa y no importa quién es en verdad el hombre de huevo porque de pronto se escucha en la hierba que el viento murmura el nombre de María como May, el viento murmura María una vez que han vuelto a sus jaulas los payasos de cuerda y la reina que llora sin rey y la neblina púrpura y morada de la mujer que canta como si llorara con las gafas azules las viejas canciones que se sabe de memoria tu papá que dice que cantaba la negra monumental, la que rompía copas con la voz mientras el negro tocaba la trompeta sin romper la sonrisa y llegan los coros bien peinados de niños peluqueados que vienen de las olas de quién sabe qué mar con una velocidad de camisas a rayas de colores. La maestra pide silencio y todos anotan en los cuadernos de líneas punteadas que todas las hojas son cafés y el cielo es gris, dice el coro que el hombre entró a la iglesia y se puso a rezar porque por aquí está pasando algo, hay un hombre con una pistola por allí y nada es exactamente claro, pero nadie puede estar bien cuando todos estamos mal.

La niña se dibuja en un cielo de diamantes y quieres volver a Carolina o que rueden las ruedas para llegar a Alabama para ver a una familia en la estación donde un amigo que ha de morir en un avión que estalla en pleno vuelo le habla a la operadora para ver si acaso la voz anónima puede ayudarle a fijar la conferencia a ninguna parte. Lunes, lunes, nunca mi amor, que yo cuento contigo y Jeremías era un sapo, buen amigo mío, en los campos de algodón donde se ven las sombras de Bennie y los Jets, que no son los mismos de la historia que tararea papá, los que peleaban con Tiburones y en el balcón está María, la muchacha que todos los días acabas de conocer y May se llama María.

Canta. Canta una canción. Canta fuerte. Cada vez más alto y canta corriendo por el bosque que nadie te oye, nadie escucha al tonto de la colina que sólo ve girar al mundo que lo rodea. Corre cantando hasta encontrar el largo y sinuoso sendero que te regresa a casa y las niñas chocan sus zapatitos rojos para volar directamente a Kansas y el de los helados es el león descorazonado y el jardinero del colegio el hombre de hojalata y el director de la primaria el espantapájaros con las mangas retacadas de paja y la bruja de la cafetería toca su silbato volando sobre mares de comida y la gordita entrañable quién sabe cómo paga la renta de todos los viernes que llegan sin maleta. Mira cómo corren todos los niños que lleva colgados al pecho y mira cómo vuelan todos los que vienen del concierto en nubes verdes donde los profetas preguntaban si de veras sabes quién eres, quién eres en medio del tiradero, en medio de todos los colores con los que amenazan volvernos de blanco y negro, las rayas de las televisiones, la imagen granulada del hombre que pisa la Luna, la primera vez que vuela un inmenso pajarraco amarillo en la era del acuario en la marcha de los elefantes para que te cuenten uno, dos, doce, quince bananas mientras memorizas todas las canciones de los anuncios, de los cereales con abundancia de azúcar y las hamburguesas en serie, las papas rebosando cucuruchos triangulares y deja que salga y deja que entre, lo llevas bajo la piel, y esperas actuar con alguien porque bien sabes que eres tú y el movimiento que andas buscando lo llevas sobre los hombros, así que toma una canción triste y vuélvela mejor, mejor, mejor, mejor hasta explotar en un grito incontenible que se vuelve coro de miles de voces que cantan la publicidad de los refrescos y los himnos que se oponen a la guerra y las pancartas que todos pintan en casa para salir a protestar todos los abusos de los ogros azules, puerquitos, lechoncitos, lejos del campo intacto de las fresas que alguien plantó en medio de los bosques, fresas eternas y flores gigantes y dame la mano y pasa corriendo por el bulevar de los relojes invertidos y las corbatas de moño y las mujeres que no entienden al hombre que llaman la brisa, el que avanza siempre al volante de un inmenso transporte y todos queremos cambiar al mundo pero nadie quiere seguir hablando de destrucciones que el hermano de un amigo que conoce al primo de un niño que estuvo de paso por el pizarrón de tu salón dice que el napalm es una bomba amarilla y que los niños de la selva se esconden en túneles que han construido por debajo de todos los mapas y que los helicópteros vuelan tan bajo que pueden podar las tapas de los árboles y convertir los lagos en mareas y todo es humo naranja en medio de la neblina púrpura lejos de la fila de negritos elegantes que se sincronizan para cantarle los coros a la negrita que sonríe mientras toma un tren de medianoche a quién sabe qué Georgia que no es donde han resguardado las balalaikas del enemigo que te pido que resuenen para que me lleves a las montañas del sur donde baila el invencible guerrero que flota como mariposa para picarte como abeja en versos que siempre riman y en el fondo de un bar nublado por tabaco canta un hombre con el sombrero ladeado sobre el espejo vidrioso del último trago que le queda a un vaso chato y abren la puerta para la filarmónica que interpreta lo que canta papá a solas y se callan para que unas manos le recuerden a May lo que decía Chopin y mi padre conoce al pianista que puso a Manhattan sobre el teclado y en la esquina de un parque se oye el solitario saxofón que parece armonizar con los clarines de un delirio que te rodea.

Escucha. Escucha que todo el bosque es música y no te marea la síncopa ni aturde polifonía ni enreda melodías la memoria que se va poblando de tonos y semitonos como colores de un mural que entra por los oídos para que tu mente cante a través del tiempo lo que te ayuda a no perderte por el bosque del olvido. Mueve tus ojos en blanco como los pianistas ciegos que cantan azules porque son negros y mueve tu cuerpo cuando proponen bailar porque llegará el día en que ya no puedas decirle sus colores porque todo se normaliza, todo vuelve a ser un baile donde vuelven a tocar las canciones que te sabes de memoria como tatuajes en la piel. Canta en silencio la voz de la mujer que baila encerrada en una jaula y la que no quiere salir a jugar por prudencia, por pura meditación se pierde el renovado día de todos los días, que el cielo es alto, el cielo es azul, la nube es siete, el avión es igual a ochenta y tres, el rayo es luz blanca que parece uno y dedo y nadie se llama Isaías, *nobody knows your name*, nadie se pregunta por qué la mirada se pierde al vacío y la naranja tiene dos nombres y los libros pasan volando por encima de las cabezas de las mujeres que aún van a misa con velos y los negros cantan *gospel* en grandes automóviles de lujo vestidos de todos los colores chillantes en medio de la repostería blanca de la ciudad cuadriculada con calles que son números y avenidas que llevan los nombres de cincuenta estados transversales que a veces se entrecruzan en ombligos que cruzan bosques y ríos para llegar a las hectáreas encantadas, cantadas en partituras que la maestra de música coloca en un atril para que todos los niños y todas las niñas del mundo que caben en ese instante canten coros de sinfonías increíbles y las letras de los profetas que un buen día decidieron separarse y lloran en los noticieros las mismas mujeres que lloraron cuando llegaron siendo jovencitos al estadio en blanco y negro en otro mundo y lloran los soldados que no pueden beber más lodo y lloran los señores de corbatas delgadísimas y zapatos recién boleados que han visto asesinatos a tan pocos metros de distancia, que han matado al reverendo a las puertas de su habitación en un hotel de paso y al amigo de papá en la cocina de un hotel y al hermano mayor de una niña de cuarto grado en las faldas de un arrozal y al padre de una maestra en un tiroteo inexplicable que hubo en la gasolinera de la carretera en una madrugada donde se escuchaba en la radio la enésima versión del hotel de los corazones rotos y vuelve a sonar el carrusel del buzo que canta al jardín del pulpo, que el sueño también se vuelve pesadilla y el hombre canta pidiendo a gritos que lo ayuden un poco sus amigos, que si apagas la luz no sé decirte qué veo pero sé perfectamente que es mío. Por allí viene el sol. Ha sido un larguísimo invierno. Parece que han pasado siglos que son años. Las sonrisas vuelven a las caras porque por allí viene el sol y todo está bien.

VIII. *Snow.* Nieve

No toda la nieve es blanca o no siempre la nieve es blanca. Los niños que tenían perros en casa bromeaban con la nieve amarilla y para una Navidad a las niñas de cuarto grado les dio por inventarle colores con tintes vegetales. Mrs. Grabsky asignó un trabajo libre donde cada uno de los niños escogeríamos una estación del año para escribir lo que llamó *essay* que en inglés no suena al solitario ejercicio constante con el que se preparan los músicos o los actores para el teatro y los cantantes para la ópera. Ahora pienso que no estaría mal que llamaran también *rehearsal* en inglés al ensayo de prosa libre, prosa de arte que llaman en italiano a la pluma suelta en todo eso que no es ficción, pero de niños tomábamos el encargo de Mrs. Grabsky como una de las misiones más serias para nuestra formación o para mejor entender el paso de las estaciones que eran años y los años que se volverían décadas y antes de decidirme por el invierno, descarté de entrada al verano por el pegajoso calor insoportable, por las nubes de mínimos moscos que llamábamos *nats* que vienen como plagas y que quién sabe por qué sólo te dejan de atormentar durante los sudorosos minutos en los que logras levantar un brazo y allá se van, a circular arriba de tu cabeza alrededor de la mano extendida, como poema pero no ensayo.

Descarté también la primavera porque quizá no digiero el sol con flores en filtros de normalidad según los horarios y clases con calendarios fijos. Primavera es estación de deshielo y de amaneceres donde se supone que todo es feliz, pero a mí me gustaba más el otoño con las hojas que se vuelven secas, con los colores que revisten a los árboles como ropa de cuentos ingleses; el tweed marrón de las hojas anchas, los amarillos como detalles en las solapas de los primeros abrigos anaranjados, las faldas de un verde que se despinta con los primeros fríos, las hojas rojas como servilletas dobladas sobre los montículos de las demás hojas secas que íbamos dejando sobre el pasto cuando nos contrataban como recolectores profesionales, dispuestos incluso a tirarnos de clavados sobre ellas, echándolas a volar como libros deshojados si no nos pagaban lo que prometían y otoño como antesala de invierno, donde llega la nieve, donde todo se vuelve a escribir.

Escogí invierno porque May decía de vez en cuando que la nieve permitía ver si alguien se acercaba a la casa. No había manera de que llegara un venado inadvertido a la ventana trasera de la cocina ni que pasara sin ser visto el conejo que parecía pintado al óleo o el gato perdido de alguna casa cercana o el inmenso perro que parecía rescatista de alpinistas. Si venía un coche o si caminaba alguien hasta la puerta lo veíamos venir de lejos, o por lo menos leíamos las huellas que dejaba en cualquier dirección y por eso hubo una de las primeras navidades en que a medianoche, quizá muy influenciado por mis abuelos y los tíos de México que habían llegado para las fiestas, me levanté de pronto de mi cama y puedo jurar que vi por la ventana no sólo la sombra de los Tres Reyes Magos que se alejaban en el bosque, sino las huellas de sus cabalgaduras; la huellas hondas del elefante, las ligeras huellas apenas huellas del caballo y las raras pezuñas del dromedario o camello y al día siguiente se armó toda una discusión de sobremesa donde Mrs. Grabsky decía que en inglés no son más que Tres Sabios de Oriente, mientras que mis tíos se sabían incluso de qué reinos eran monarcas y se hablaba sin precisar cuál de los tres era el negro y que incluso había una hermosa leyenda alemana que hablaba del cuarto Rey Mago y todo mundo se enredaba en la conversación sin verificar ni preguntarme si realmente había visto lo que quizá soñé y puedo jurar que salí de la casa mientras todos discutían y vi lo que quedaba de las huellas, reconocibles aún con la nieve nueva que le caía encima, legibles como jeroglíficos secretos sobre un papiro de agua helada y entonces sí, mi tío Pedro salió para alcanzarme y jamás olvidaré que me dijo que la nieve era gran alfombra para saberse siempre seguro —tal como pensaba May en voz alta— porque *uno nunca sabe qué le puede salir a uno en el bosque y más vale verle las huellas antes de que lleguen a la ventana.*

Escribe despacio, decía Mrs. Grabsky. *Escribe como si hablaras conmigo y que las frases sean cortas y poco a poco lo que vas diciendo se vuelve palabras que quieres comparar con algo y entonces encuentras metáforas, que así se llama lo que señalas con imágenes dichas en vez de decir el nombre de las cosas y escribe como si caminaras hablando solo y cuenta lo que venga a tu mente de inviernos, de todos los inviernos posibles. Sueños o no.*

Escribe de los Reyes Sabios Magos del Oriente y habla del niño que no sabes cómo se llama que puso la punta de su lengua en el poste congelado de los columpios y se le pegó la lengua y todos los demás niños de la escuela se reían viéndolo llorar hasta que uno de los profesores lo tuvo que arrancar del palo con un jalón y salía sangre de su boca y algunos seguían riéndose mientras veías que la nieve se ponía roja como cuando atropellaron al perro de los Smiths muy cerca de la carretera y el animal fue dejando un rastro de gotas rojas hasta el rincón del bosque donde dicen que se desangró aullando y todo mundo escuchaba los llantos diciendo que habían vuelto los lobos de cuando en Mantua hubo incluso coyotes que atacaban a los exploradores.

Invierno que congelaba el agua y a veces la nieve se quedaba intacta con brillos en la superficie y parecía una alfombra recién estrenada hasta que un pájaro dejaba un telegrama de huellas impresas y los niños no sabían decir vaho en inglés porque en su idioma no existe la palabra y tienen que decir que su respiración se ve o se vuelve nube o hablan de niebla pero no dicen vaho y a May le explicaban que vaho era también lo que empañaba el espejo y que a una abuela en Guanajuato le habían acercado un espejo a la boca para ver si aún respiraba cuando se murió.

Invierno de los días cortos y mi padre que hablaba en alemán con unos amigos y de las tardes sin sol que se alargaban haciendo fila en las pendientes para tirarnos con trineo y la tarde en la que Bill Connors como un héroe invencible se lanzó por la pendiente con su bicicleta y todos le aplaudíamos con guantes y uno tiró su gorro por las nubes para celebrar la velocidad que alcanzó sin patines y luego alguien contó que en el lago unos niños de quinto se fueron a la orilla más lejana, caminando de puntitas sobre el agua congelada, hasta que el espejo que parecía vidrio empañado se venció por el peso y cayeron todos en el agua helada y uno de ellos se ahogaba y lo sacaron con una rama larga y decían que habían aprendido a hacer eso porque habían visto una película de la selva cuando —sin nieve ni frío— un explorador se estaba ahogando en arenas movedizas que en inglés le llaman arena rápida y nadie habla de la nieve rápida que es la que te cubre como cascada cuando los malos se ponen de acuerdo para enterrarte en vida como un juego de carcajadas y no hay nadie que te ayude porque te azotaron con una lluvia de bolas de nieve que muchas de ellas parecían piedras rebozadas con nieve compacta para descalabrarte y luego te echaban la mano como perdonándote la vida sabiendo que no le dirías a nadie porque nadie debe andar de soplón y llegas a casa para seguir viendo la nevada desde las ventanas envuelto en cobijas al pie de la chimenea y May se queda callada leyendo el paisaje en blanco y dice nombres y sonríe y las niñas se bañan en tina envueltas en vapor y empieza a soplar el viento como hablando despacio, como si escribiera lo que quieres que lea la maestra con su voz y que te ayude alguien a que se entienda en español.

Invierno que es *winter*, como el apellido de un señor que vino a la escuela y habló de renos y trineos, de las antorchas en Alaska que iluminan un camino por donde nadie había pasado jamás en la vida y la historia de un joven que se quedó cerca del Polo Norte hablando a solas y escribiendo notas con un lápiz sobre el último papel del universo encerrado en un iglú que él mismo construyó con la ayuda de un esquimal que resultó ser un fantasma porque dicen que en la nieve en realidad uno nunca se queda solo y por eso escribes en voz baja, mordiéndote la lengua como si la tuvieras pegada a un poste helado sin importar que te sangren las palabras ni las carcajadas de todos los que te rodean cuando narres lo que quieres decir, todo lo que recuerdas de la nieve.

A veces no había nieve en vísperas de Navidad y luego hubo años en que llegaba desde noviembre, con Thanksgiving como ensayo perfecto de Nochebuena y hubo años en que papá decidió que pasáramos el mes entero en México y May reconocía o recordaba toda la parafernalia de las posadas, las colaciones de las piñatas, las figuras de los nacimientos, los cantos y las canciones. Alguien contó que alguna vez había nevado en la Ciudad de México, pero yo escogí invierno para el trabajo que encargó Mrs. Grabsky porque la nieve era impensable en México, era como si no se pudiera decir mucho sobre la nieve en México, como decir que no estaban del todo preparados los que vivieron la nevada sin guantes, sin botas, sin mucho tiempo para hacer muñecos cuando ya estaba el sol encargándose de derretirlo todo.

Yo quise escribir sobre la nieve porque me parece que son las hojas donde se escribe esta novela, porque todo se ve venir y se aleja a la vista de todos en la nieve y porque las ramas ya sin hojas de los árboles parecen dedos que señalan quién sabe qué a la distancia, algo que no hacen cuando verdea su follaje. Quizá mi maestra sabía que con sólo empezar a escribir saldrían cosas del fondo y por eso quizá me acordé de la Navidad en que May parecía recordar mejor que nunca antes, y a Maylou le regalaron una muñeca que caminaba y a mí, dos máquinas para un tren que poco a poco se iba alargando sobre la alfombra y llegaron quién sabe cuántos invitados para la cena de Navidad y mi padre sacó los discos viejos y recuerdo haberlo visto bailar con mi mamá y alguien lanzaba la broma de que estaban en Berlín y que ya todos sabían lo que eran capaces de lograr cuando bailaban y mi hermana me dijo como en secreto que había noches en que los había visto bailando en la sala, con la música muy bajita y sin que nadie se diera cuenta... porque yo sólo veía las huellas del bosque por la ventana y quizá ni escuchaba los ruidos en mi propia casa.

Hubo un momento en que todo mundo parecía saberse la canción y afuera caía una de las mejores nevadas de mi infancia. Alguien le sugirió a mi padre que reavivara el fuego de la chimenea y en lo que él bajó a la cochera por quién sabe qué, mi madre empezó a reír y a decir nombres y palabras en una conversación con no sé quiénes de todos los adultos que habían sido invitados y subió mi padre con un botellón de plástico y creyó que rociando los leños reviviría el fuego y de pronto estalló una llamarada con los gritos de todas las mujeres y Maylou lanzó a las llamas a su muñeca recién estrenada y todo mundo gritaba en cuanto el fuego se convirtió en lenguas que quemaban ya la alfombra y las cortinas y prendió al árbol —sus esferas multiplicando el fuego, los listones como llamas enrolladas al tronco del árbol—, y mi padre que se sintió obligado o héroe o enloquecido o el mismo que se había quemado años antes en un avión metió la mano entre las llamas y tomó el árbol y se abalanzó hacia el ventanal y alguien había abierto el cristal pero no el necio mosquitero que se supone que sólo se utiliza en verano y al aventar al pino en llamas, éste le rebotó en la cara y entonces ambos, mi padre con todo y árbol, se lanzaron a la nieve, en medio de la nevada y los gritos y la mirada muda de May y mi hermana Maylou que no paraban de llorar a gritos y salía humo de la nieve y mi padre se retorcía bocabajo y no sé cuántos minutos después llegó una camioneta —y luego un camión largo de escaleras con volante— de los bomberos de Fairfax y se llevaron a mi padre y mucha gente lloraba y todos nos abrazaban y al día siguiente, cuando veníamos de verlo en el hospital, mis tíos decían que estaba igual de quemado y la misma cara y manos de cuando le había estallado la bomba en el avión y May sólo sonreía cuando le acariciaba el hombro y no lloraba y nos abrazaba a Maylou y a mí. La ventana rota, la sala abierta, medio quemados los muebles, achicharrada la alfombra, lo que quedaba de la muñeca era una sola pierna y la silueta alargada de papá sobre la nieve. Mi casa apestaba a pino quemado y las huellas que habían dejado impresas todos los que llegaron a sacar a mi papá ya desmayado parecían pisadas de elefante por las botas inmensas y otras, huellas de caballitos o camellos porque eran las de los zapatos de los invitados a la cena y en mi cuarto había unos regalos que no habíamos abierto y la ventana abierta para que se ventilara todo sin importar que se helaran los cuartos. Antes del anochecer, cuando alguien nos llamó diciendo los días que tardaría papá en el hospital, el tiempo en que volvería a sanarle la piel, me asomaba a la ventana y aún no caía otra tormenta como para que pudiera leer la escena como página de una novela imaginada y me quedaba viendo hasta que me entrara de nuevo el sueño. Por eso ensayé escribirle a Mrs. Grabsky que la nieve también es negra.

IX. *Notebooks.* Libretas

Medio siglo después, intento traducir —en realidad, volver a escribir— una novela que viví y pensé en inglés. De hecho, escribí una versión en inglés porque lo que yo quería con esto era dejar saldada la cuenta de los dos idiomas, además de dejar constancia de la lenta pero segura recuperación de la memoria de mi madre que viví como infancia. Lo que no he dicho es que en el fondo, en realidad lo que yo quiero escribir es una digestión del bosque de mi propia memoria donde se confunden todos los colores de una psicodelia a gogó que va de The Beatles a Led Zeppelin, pasando por Janis Joplin y Lynyrd Skynyrd. Yo quiero por lo menos insinuar que el mundo de los años sesenta y setenta era otro y muy diferente al de los teléfonos inteligentes, que fuimos una generación que pasó del primer programa de los Muppets en *Sesame Street* a los noticieros donde Richard M. Nixon mentía todas las noches sobre la guerra en Vietnam y luego sobre sus enredos de Watergate. En el bosque éramos uno para todos y todos para uno, sin banderas de por medio, aunque recreábamos batallas de las selvas de Indonesia con ametralladoras de juguete. Lloramos como tragedia insalvable el día en que se separaron los Beatles y vimos todos —sin ver casi nada— la noche en que Neil Armstrong pisaba la

Luna. Habíamos heredado todos los colores del Mago de Oz en la niñez de nuestros padres, pero agregábamos todo el *technicolor* de Willy Wonka en su primera fábrica de chocolate y los dibujos de Hanna-Barbera al mismo tiempo que Daffy Duck y Bugs Bunny, que en realidad eran de otra generación ya envejecida. Se confundían las décadas y poco a poco se conformaba una cultura en la piel de todo eso que cada quien definía como el sueño americano. Llevábamos el bosque flotando en cada paseo que hacíamos con la escuela a los monumentos de la ciudad blanca o a la casa de George Washington en Mount Vernon o al templo de Thomas Jefferson en Monticello. Cada quien su bosque de árboles personalizados según los antojos de lo que luego sería vocación de adultos y así me pierdo en la madrugada con una novela que sé que es novela por lo que tiene de yuxtaposición de las escenas, por los cuentos que contiene, por el afán de cambiar lo menos posible los nombres y las fechas aunque desde luego están cambiados por la misma memoria con la que no quiero que se pierda ni el recuerdo intacto de mi madre saliendo de su letargo de años ni la memoria que yo mismo me iba formando como sendero en medio del follaje del caos verde.

Huellas en la nieve. Eso es. Las palabras se van hilando sobre el papel como huellas en la nieve. El primer recuerdo que tengo de Bill Connors es el día que salimos de la escuela y una nevada pesadísima había borrado todos los caminos de Mantua. Bill me lleva siete años de edad, y quizá por ello mis mejores amigos de cada época de mi vida hasta ahora son mayores más o menos por una década. Esa tarde que salimos juntos de la escuela, Bill me dijo que pisara exactamente sobre las huellas que él mismo fue abriendo en la nieve y en el transcurso de la travesía se fincó entre nosotros la convencida creencia de que a partir de ese día seríamos los mejores amigos del universo, *buddies for life*. No recuerdo por qué pasó que salimos juntos de la escuela, si él ya era de los grados adelantados, y yo quizá había tenido que hacer tareas de horas extra por alguna de mis travesuras, pero el caso es que caminábamos bajo la nevada y él me iba contando sus hazañas. Era el mejor lanzador de la liga pequeña de beisbol de Fairfax, Virginia, y jugaba futbol americano —no de mesa, sino con casco y hombreras de verdad— en el equipo de la *junior high school* y en verano había ganado una medalla en natación en la alberca del club del bosque Mantua... y además, tenía novia.

Para cuando llegamos a la calle Coronado del bosque, donde mi casa apenas se alcanzaba a ver entre la nevada, me convencí ante la chimenea de que ese día me había ganado la amistad del Héroe del Bosque y mis hermanas se quedaban mudas con todo lo que les conté —exageraciones mías incluidas— mientras May sólo sonreía, quizá sabiendo que algo me hacía feliz. A partir de ese día y conforme pasaron los meses aumentaban las coincidencias con Bill Connors, las diferencias con su hermano mayor (que a la larga se volvería piloto de guerra, llegando incluso a tirarle bombas a Bosnia) y sincronías con su hermana Liza, la chica del pelo rojo que al cumplir veinte años se fue con una banda de amigos en una van anaranjada de Volkswagen a un concierto en el norte del estado de Nueva York que ahora todos conocen como Woodstock.

El padre de los Connors era periodista del *Washington Post* y conocía a mi papá, pues era de los decanos asignados a la Casa Blanca y en mas de una ocasión había conversado con él sobre México y las relaciones con los gobiernos de Johnson y luego Nixon. A la fecha, no sé y quizá no necesito saber si Mr. Connors se puso de acuerdo con Mrs. Grabsky, pero él nos regaló a su hijo y a mí unas libretas que habrían de apuntalar mejor la vida de ambos o por lo menos lo que ya nos había contagiado la maestra. Eran libretas de periodista, de las que se abre la tapa por arriba y se amarran con listón de resorte. El padre de Bill empezó por encargarnos pequeños reportajes donde quería que respondiéramos al *who, what, where, when, how and sometimes why*, ese qué, quién, cómo, cuándo, dónde y de vez en cuando el porqué de las cosas que investigáramos en toda la realidad que se nos desplegara enfrente: que si íbamos al primer *mall* que abrieron en el condado vecino al bosque de Mantua, pues qué tiendas habían abierto, qué tanta gente visitaba el lugar y cuántos compraban cosas; que si íbamos en bicicleta, por en medio del bosque, hasta las tiendas que estaban más allá del parque de beisbol: qué veíamos en el camino, quiénes eran los que más compraban en las tiendas, qué periódicos vendían en el supermercado. *Who, what, where, when, how and sometimes why*.

114

Hubo un día en que tomé prestados unos sombreros tipo fedora que había dejado olvidados mi abuelo Rafael y les metimos unas tarjetas que decían *Press* para ir al cine como reseñistas de los tiempos en blanco y negro y sí, hubo un día en que le pregunté a Bill qué endemoniado propósito ganaba su padre con volvernos de pronto informantes secretos de la vida en el bosque, pero aquí no había engaño de ningún tipo y lo que hizo Mr. Connors fue quizá cimentar la tinta con la que escribo en este instante, sabiendo además que, del otro lado del mundo, Bill Connors mi mejor amigo de la infancia es hoy un gran periodista.

La versión en inglés de esta novela la escribí al tiempo en que estudiaba para historiador, sin saber que en realidad me he dedicado al puro cuento y las novelas. Yo salí del bosque de Mantua a los 14 años y me olvidé del acento gringo para estudiar la secundaria y preparatoria en Guanajuato. Al año, con su memoria mexicana total o casi totalmente recuperada, May y Maylou me alcanzaron en México, mientras mi padre se tardó todavía un año en vender la casa del bosque, renunciar a la embajada y asegurarse un empleo que nos permitió posteriormente vivir en la Ciudad de México. Mantua, Mrs. Grabsky, el mundo entero norteamericano, mis amigos del bosque, Brenda y Bill se quedaron en inglés. Habíamos dicho que no nos escribiríamos cartas y aunque rompimos el juramento con algunas tarjetas de Navidad y alguna llamada de larga distancia de vez en cuando, nuestras vidas se vivieron en culturas totalmente diferentes y sin mucho contacto o planes de relevarnos la memoria como habían hecho mis familiares con May.

Esta versión final de la novela que le debía a May y a mí mismo la escribo en las horas libres que me permite mi trabajo en Madrid. Desde hace varios años trabajo para un periódico de España y a veces leo notas que llegan a la redacción del diario que vienen firmadas por Bill Connors desde otros lados del mundo y sonrío, sabiendo que nadie sabe lo que ahora quiero publicar. Ni quizá él mismo, aunque de alguna manera lo imagina porque sucede que la novela no es ni pretende ser la apología melodramática del bosque de la amnesia por donde anduvo May, para salir por sí sola, ayudada por Lola su hermana y todos los que le despertaban su recuerdo, pero finalmente sola y reconstruida sin mayor explicación que un error en la costura de su más íntima sinapsis. Lo que intento con la novela es entender yo mismo la diferencia de los mundos, las variantes todas de la cambiante cultura norteamericana con las vidas diferentes que se me fueron abriendo con la cultura mexicana, la cultura en español y más ahora, en un Madrid tan ajeno al idioma inglés, con un bosque en el centro de su mapa por donde camino de vez en cuando hablando en voz alta con fantasmas que espero serenar con estos párrafos.

Llevo años convencido de que las coincidencias no son más que pura agua de azar. Sean los números que sigo soñando despierto o dormido o las sincronías inexplicables en transbordos de aeropuertos o los viajes que agradezco en trenes o al zapear los canales de la televisión, se trata del azar que a veces se vuelve agua hirviente, como cuando evoco la figura de un amigo largo tiempo olvidado y resulta ser el taxista al que le hago la parada en una esquina cualquiera, metido al volante desde el lejano año de nuestras andanzas mutuas en la universidad que tuvo que abandonar para precisamente dedicarse al taxi al que acabo de hacerle la parada, o agua de azar hirviendo la vez que les comenté a mis papás en el desayuno que había soñado con mi tío Eduardo al volante de un Mustang descapotable y en ese momento llamaron de Guanajuato para informarles que el tío Eduardo se había matado en la carretera, al volante de su Mustang convertible. Coincidió entonces que el día en que me informaron en los Boy Scouts que no habría manera de coserle la bandera mexicana al intocable uniforme de la organización norteamericana, fue el mismo día en que expulsaron de los Boy Scouts a Bill Connors por mentiras, chismes y una acusación anónima.

X. *Concentric circles.* Círculos concéntricos

Boy Scouts. Niños exploradores. Uniforme azul marino con pañoleta amarilla al cuello. El vestuario del Séptimo de Caballería. John Wayne en blanco y negro en el fuerte contra los apaches. El clarín y la guerra contra México. Tenía toda la razón mi padre. La bandera cosida sobre el brazo y en el pecho las medallas como corcholatas de méritos adquiridos se verían mal en un niño mexicano sin ganas de hacerle al gringo. Amarre de nudos, encendido de fogatas, armado de tiendas de campaña, primeros auxilios, natación con salvamento, relevos, casas de árbol, telescopio estelar, radiocomunicación, código morse, equitación… yo qué sé si nunca me dejaron pertenecer.

Ahora sé que mucho de lo que imaginé no tenía nada que ver con los Boy Scouts. Me lo contó Bill cuando caminábamos de vuelta por el bosque. Había llorado cuando lo expulsaron, quitándole parches al uniforme delante de todos sus compañeros como si fuera un traidor en las trincheras de la Primera Guerra Mundial. Ya no lloraba y nos reíamos juntos cuando le preguntaba si era cierto que te enseñaban a pilotar aviones y a armar máquinas de vapor o que si te preparaban para una graduación en el centro espacial de Houston para pertenecer a la siguiente generación de astronautas intergalácticos. Se había sonado la nariz y limpiado lágrimas con la pañoleta amarilla y reírnos fue el alivio con el que la tiró al arroyo en cuanto nos acercábamos al claro, saliendo de un hondo del bosque, donde cada quien se iba para su casa. Quedamos en vernos al día siguiente por la tarde. A la salida de la escuela fundaríamos juntos nuestro propio escuadrón de exploración, buscaríamos ayuda en la biblioteca del condado para aprender a amarrar nudos, armar fogatas y reclutar a más miembros entre todos los niños del bosque para levantar una casa en un árbol que sería el fuerte perfecto para combatir en venganza a todos los Boy Scouts del mundo. Tendríamos bandera propia, mejor música para las reuniones alrededor del fuego, combinaríamos nuestras aventuras con reportajes de periodismo puro, meteríamos televisión a la tienda de campaña e inventaríamos un uniforme de *blue jeans* y camisetas de colores, teñidas por nosotros mismos.

Casi medio siglo. Casi cincuenta años. Ahora sé perfectamente que no se necesitaba mucho ingenio para saber al instante, de lejos y al mirarnos, que Bill Connors y yo vivíamos un naufragio. A menudo la inocencia está muy cerca de la simple estupidez. Lo sabía Bill cuando le preguntaba si nuestra patrulla independiente llegaría a tener algún velero para navegar por el Potomac o si en la biblioteca nos darían los libros para volvernos detectives de verdad y lo sabíamos ambos al ver la nula capacidad que tenían nuestras manos para hacer el nudo más simple. Las cuerdas se nos enredaban en los dedos. Ambos, por edad o por inocencia, éramos incautos e inexpertos y se nos enredaba también la vida o las habilidades como palabras imposibles de pronunciar porque aún no las habíamos dicho o designaban cosas que jamás habíamos hecho. Llevábamos meses intentando encender una fogata sin éxito, habíamos ganado dinero al final del otoño con la recogida de las hojas formando montículos perfectos que nos hicieron creer que podríamos pasar a la arquitectura de guaridas como topos y todo el invierno apaleamos nieve, abriéndoles caminos a todos los coches del bosque y los fondos del ahorro sirvieron para comprar linternas, lupas, cuerdas y un kit de jardinería. Simple estupidez, pero feliz. A nadie molestábamos con el sueño.

Fue cuando nos abordó Steve Hampsted.

La primavera ya parecía verano y las clases del colegio eran más bien rellenos de tiempo libre. Bill terminaba la primaria y yo apenas pasaría al segundo grado, sabiendo que ya nunca estaríamos juntos en la misma escuela: cuando yo llegara a *junior high* —sin imaginar que la secundaria la cursaría finalmente en México— mi amigo estaría ya en *high school* y para cuando yo entré en la preparatoria mexicana, Bill ya era estudiante en la Universidad de Columbia en Nueva York. De todo eso no sabíamos nada y sólo nos concentrábamos en lograr al menos encender la fogata. No habíamos podido reclutar adeptos, aunque a veces forzábamos a mis hermanas y a algún incauto a participar en nuestras aventuras de exploración, pero ahora sé que fue fácil para Hampsted vernos de lejos como perfectos hámsters al filo del abismo.

Stephen J. Hampsted era hijo único de una pareja de ancianos que vivían en una de las casas más lúgubres del bosque de Mantua. Era de las casas que nunca cuidaban lo que delimitaba jardín del bosque, con fachadas negras de madera y restos de lo que fue una capa de pintura ennegrecida con los tiempos. A los señores se les veía poco y a veces en un auto oxidado. El hijo tenía la melena rubia y esa manía de mirar al filo de los párpados que tanta fama le dio a Jack Nicholson. Mirada de loco, sonrisa de bobo callado que caminaba siempre cabizbajo.

Tenía diecisiete años. Me llevaba una década y también era mayor que Bill, pero las pocas veces que habló con nosotros o con otros niños del bosque se hacía notar por su simpleza, el sinsentido de sus chistes y el ridículo del fleco al filo de las cejas. Sonreía para sí mismo y luego muchos dijeron que hablaba a solas. A veces, cuando salíamos del bosque en las inmediaciones de su casa, nos echábamos a correr a velocidad supersónica porque se oían gritos de los viejos o la tele a todo volumen o la música diabólica que le gustaba a Steve Hampsted.

En el fondo, no sabíamos nada de él, pero el día en que se acercó a nosotros amarrando un triple nudo marinero nos pareció presenciar un milagro en vivo. Nos había visto de lejos y se acercó con la sonrisa tonta mientras sacaba de la bolsa de sus jeans la cuerda, más gruesa que una agujeta de Converse. Como si nada, amarró el nudo delante de nuestra mirada atónita y supo perfectamente la reacción que nos provocaría. Bill y yo soltamos un alargado *WOW!* a coro y en mayúsculas y luego una cascada de preguntas, más preguntas… y propuesta. Allí está la clave: le propusimos que se volviera jefe scout de nuestro pelotón independiente, en vez de sólo concentrarnos en las preguntas. ¿Te sabes todos los nudos? ¿Sabes encender fogatas? ¿Sabes armar tiendas de campaña para seis exploradores? ¿Sabes distinguir si el agua de un río es potable? ¿Has escalado montañas?

Se veía gigante. Estaba de pie frente a dos niños absortos, hipnotizados y aburridos y de pronto se dejó deslizar en la nada hacia abajo, cruzando las piernas mientras bajaba como en un elevador invisible hasta quedar sentado en flor de loto. Steve Hampsted tenía preparado el *sketch* perfecto para impresionarnos. Notó que le seguimos el descenso con asombro y al instante se puso de pie desenrollando las piernas hacia arriba y volviéndose a bajar en flor de loto como faquir de los circos.

Esto es fácil. Si quieren les enseño y lo ensayamos, decía mientras seguía amarrando y desamarrando la cuerda con nudos increíbles. Yo le veía las manos asquerosamente blancas e imaginaba que sería capaz de atar barcos balleneros o banderas en mástiles con esos nudos que jamás habíamos visto ni en los libros de la biblioteca.

No me digan que son boy scouts, dijo Hampsted cuando le contamos lo de la patrulla de aventuras. *Yo estuve con ellos y me salí al año. Todo eso es de mariquitas. Pantalón cortito y pañuelito al cuello. That's for sissies… You look like men to me.*

No sé bien si Bill pensó lo mismo, pero aquí estaba un adulto diciéndonos que le parecíamos hombres de verdad y sincronizando la coincidencia que nos hacía falta escuchar como sentencia. Los boy scouts eran *sis-*

sies, quién sabe qué quería decir eso, pero mariquitas de pantaloncito corto y pañuelito amarillo al cuello, y así como llegó, se levantó de un brinco y alejándose nos propuso que nos viéramos al día siguiente, mismo *batilugar*, misma *batihora* como si ya fuéramos ambos su Robin de Batman y se volteó para lanzarle a Bill la cuerda con el nudo más perfecto que haya visto jamás marinero ballenero del universo sideral.

Nos reíamos a carcajadas. Nos pasábamos el nudo de mano en mano. Nos reprochamos haber hablado mal del nuevo héroe del bosque y de correr a toda prisa cuando pasábamos por su casa. Si no la pintan es quizá porque tienen problemas de dinero. Quizá ni son sus padres y son sus abuelos y a este pobre hombre todo mundo le hace el feo y le inventan historias y él no tiene la culpa de no ser gracioso y qué manera de hacer nudos y de sentarse como trapecista y mañana le enseñamos los libros y los mapas que hemos hecho.

Durante varios días Hampsted nos fue convenciendo de su grandeza. Prendió la fogata tallando un palo sobre una base plana de madera balsa y soplándole a una madeja de algodón con las manos como cueva. Por si fallaba, sacó un encendedor que dijo había comprado en una tienda del ejército y el éxtasis máximo fue cuando sacó una auténtica navaja suiza de un estuche de cuero que llevaba entreverado al cinto. Era la gorda, la navaja que trae lupa, mondadientes, siete filos, serruchito, sacacorchos... el sueño de todo explorador.

126

Nos dijo que era carísima, que había que encargarla por correo al ejército suizo y que te hacían un examen para ver si te la vendían o no. Otro día nos mostró un catálogo de uniformes de campaña, cascos de todas las guerras y medallas de todos los ejércitos. Nos habló de batallas de tanques alemanes que se sabía de memoria, de los aviones de Pearl Harbor y con ramas largas de unas plantas tejió delante de nosotros un mantel pequeño que servía de camuflaje o para tapar las cosas cuando lloviera en la selva. En un arroyo nos enseñó a levantar por encima del cráneo los rifles de juguete y en un prado avanzamos quién sabe cuántas yardas pecho a tierra como lagartijas hasta la barda de una casa que nos enseñó a escalar como gatos y nos reíamos y acabábamos exhaustos y día con día se fue volviendo más y más amigo, aunque hubo fines de semana que nos cancelaba aventuras porque se iba a excursiones a montañas, desiertos y otros bosques con exploradores que dijo que eran profesionales de su edad e incluso más grandes y Bill lo vio un día en un coche, fumando con otros que se le parecían y llegó a mi casa diciendo que Hampsted ni lo saludó.

Durante no sé cuántos días nos fue preparando para una gran excursión, cargándonos mochilas con tiendas de campaña, sacos para dormir, cantimploras que él mismo consiguió y un kit para cocinar lo que cazáramos. Era una misión secreta según nos hizo creer. Fijamos el día en jueves, para un viernes en que ya no habría clases; Bill se inventó un pretexto y yo me aproveché de que May andaba en otro lado, distraída con las niñas, perdida en su bosque. Si mi padre me llegara a regañar llegado el domingo de nuestro regreso podría decirle que mamá me había dado el permiso, como ya había hecho en otras muchas aventuras.

Steve nos citó al filo del telón de la parte más tupida del bosque y allí mismo revisó las mochilas de cada uno, como si cumpliera con una lista oficial de la Legión Extranjera al filo de iniciar la marcha hacia el desierto. Aunque llevaba un chaquetón de camuflaje y una gorra verde de soldado, nos quitó las armas de juguete diciendo que era una excursión de exploración y no de guerra. *Arqueólogos, no soldados, Men!*, y él llevaba la mochila más grande. Avanzaríamos en silencio, sin cancioncitas de legionarios ni los himnos de la Guerra Civil. Había trechos en que había que pisar exactamente donde dejaran huella sus botas. Botas profesionales, de soldado de verdad, con cordones hasta por encima de los tobillos y el pantalón metido en el cuello de la bota a la altura de las pantorrillas.

Caminamos más de una hora, que él mismo iba midiendo con un reloj de buzo que llevaba en la muñeca izquierda, mientras confirmaba el tiempo con otro reloj que llevaba en el brazo derecho. Descansamos y cada quien sacó su cantimplora, pero él traía además una botella de bourbon. Nos dijo que era para su energía y sirviendo en el cacharro de latón parecía divertirse porque ni Bill ni yo quisimos probarlo. *Con el tiempo le agarrarán el gusto*, dijo exagerando la voz de adulto. En marcha, todos en fila, a veces en cámara lenta como si estuviéramos rodeados por dinosaurios y luego a paso veloz, saltando troncos y cruzándonos la cara con ramas sueltas y luego, pecho a tierra, largos silencios y sólo señales para comunicarnos entre nosotros y luego caminando como si nada hasta descansar nuevamente.

Creo recordar que llevábamos dos horas y media cuando, al volver a retomar un sendero, me pareció sentir miedo. Se me confundía con aburrimiento, pero era miedo y más cuando empecé a reconocer que en realidad estábamos caminando en círculos. Círculos anchos, pero círculos. Me sé de memoria el bosque. Lo conozco de corazón.

En cuanto Hampsted se adelantó con una de sus carreras fantasmas, le dije a Bill que todo eso estaba mal. También él se había dado cuenta de las vueltas, de que nos quería marear; todo en murmullos porque nos había prohibido hablar entre nosotros. De pronto, Hampsted se detuvo y vio que nos habíamos quedado atrás. Se regresó sonriendo, con esa mirada de *shining*, los ojos al filo de los párpados, pero la voz dulce aunque agitada. *No me digan que abandonan el barco, muchachos. Si quieren hacemos otra pausa. Si quieren comemos aquí mismo. Traigo pan y latas. La verdad es que no íbamos a cazar nada, eso lo dije para probarlos*, y sacó un radio de transistores que entre mucha estática dejó escuchar una canción de Johnny Winter que era mi favorita. Así que nos quitamos las mochilas y amainamos el miedo con los sándwiches. La música se paseaba entre los árboles mezclada con rasguños como de aserrín que salían de la bocina, interferencia como de astronautas, hasta que se acabó la pila de su radio y parecía que iba a anochecer.

Steve Hampsted le dio un trago largo a su botella de bourbon y soltó un grito como de leñador, como de *hillbilly*. Como apache y con voz de mando dijo que no era lugar para las tiendas de campaña ni para intentar fogatas y nos ordenó seguirle. *Que ya vamos a llegar. Que avancen y verán el claro, muchachos. You will see the light.*

Volvimos a caminar por donde ya habíamos pasado. Si no exactamente sobre nuestras huellas, sí en el mismo círculo por donde ya habíamos pasado horas antes y no teníamos que hablar para decirnos Bill y yo que algo teníamos que inventar para volver cuanto antes a casa.

Ha pasado casi medio siglo y no sé si Hampsted lo percibía y no sé cómo se abrió de pronto en medio de lo más espeso del bosque que conozco de memoria una fosa como de metro y medio de profundidad. Un círculo redondo casi perfecto, con restos de fogatas en el centro, troncos apilados, linternas tiradas y botellas vacías. Era un ruedo de varios metros de ancho, apisonada la tierra, como si alguien hubiera recubierto con lodo lo que serían las paredes y Hampsted bajó de un brinco, parándose en el centro de esa fosa y nos indicó una especie de escalera que estaba armada con troncos para que bajáramos y dejáramos las mochilas y empezó a tallar la fogata y aventó el encendedor a las manos de Bill para que encendiera las linternas o quinqués y dijo que era una lástima que no traía baterías de repuesto para la radio pero que ya podíamos cantar y volvió a soltar un grito comanche cuando empezó a tronar un leño con el fuego y de pronto agarró a Bill de las muñecas y lo amarró como becerro con una cuerda que no vimos salir de quién sabe dónde y gritándome *¡No te muevas! ¡No te atrevas a moverte!* lo tomó de la cintura y lo colgó bocabajo de un madero que parecía mesa y yo no me podía mover y Bill lloraba a gritos y mi voz no salía ni me acuerdo si lloraba yo también y Hampsted le bajó los pantalones y empezó a embarrarle pasta de dientes en las nalgas y sacó de su mochila una raqueta de ping-pong y empezó a enrojecerle el trasero hasta sangrárselo echando gritos como un loco y de pronto me sacudí como quien sale del agua de un pozo profundo y subí saltando cada tronco que hacía escalera y corrí tratando de ganarle a la noche y Bill mi mejor amigo gritaba de lejos, cada vez más lejos y aquí sí recuerdo que yo lloraba pero hablándome a mí mismo que no me faltara el aire, que no me fallaran las piernas, que sé perfectamente por dónde hay que correr, que me sé de corazón cada metro de este bosque, cada nervio de los senderos, cada círculo concéntrico del infierno donde ya no se escuchan los llantos de Bill, que tengo que correr por donde todavía se ven las sombras, que salgo por el claro que ya parece anochecer, que anochece más rápido de lo que yo pueda correr y que de lejos va llegando a casa mi papá en su coche ya con luces encendidas y que al verme él también corre directamente hacia mí como queriéndome abrazar.

XI. *Two languages are two tongues.*
Dos idiomas son dos mundos

Me había propuesto escribir esta novela antes de cumplir los treinta años de edad. Había llegado a México a los catorce casi quince y cada año que pasaba lejos del bosque aumentaba el peso de una culpa incierta, una culpa que en realidad sólo crecía en mi cabeza como hierba mala y que nada tenía que ver con Bill o los demás amigos del bosque. Quizá con mi familia o con México o con las maneras de pensar o decir las cosas al menos en dos idiomas.

A Stephen J. Hampsted se lo llevaron en una patrulla la misma noche en que nos mareó en el bosque. Todo era confuso. Mi padre había llamado a la policía y a sus amigos de la embajada de México; Mr. Connors había llegado ese día a casa con colegas del *Washington Post* y ya de noche, cuando yo había salido corriendo del bosque, todo se enredaba en un baño de luces de torretas y radios de los policías que salían a todo volumen de las patrullas y luego vi desde la ventana de mi casa que sacaban a Bill de entre el telón ya negro de los árboles, envuelto en una cobija.

Llegaban niños y niñas de todas partes del bosque en bicicleta y mi casa se llenó de voces, la sala se llenaba de personas adultas que hablaban en español y en inglés, que me iban a ver a mi cuarto o que abrazaban a mi madre que, en realidad, sólo sonreía acariciándome el pelo como si supiera que algo muy malo estuvo a punto de pasarme, pero que me había salvado. Un náufrago en su regazo y ambos mirando la noche por la ventana como refugiados de una guerra, esperando que se apareciera de pronto, iluminada en medio de la oscuridad, la Estatua de la Libertad... o un arcángel.

Lo digo porque no pasaron dos días y a mí me subieron a un avión de Eastern Airlines, al cuidado de las azafatas, y llegué a México directamente al catecismo de quién sabe cuántas semanas y luego, ya reunidos mis padres y Maylou conmigo, a la primera comunión en un convento de monjas de San Ángel en la Ciudad de México. Del bosque y lo de Bill simplemente no se hablaba. Les preguntaba a mis tíos los curas, a mis tías las monjas, a cuanto adulto veía durante las semanas del catecismo y todos respondían con un guion premeditado, que si había vivido una cosa horrible, que si había cosas terribles en la sociedad americana, que tenía que ofrecer a Dios el sacrificio de mi silencio y pedir por Bill. Incluso hubo una monja que me decía que rezara por Hampsted, que según ella era un muchacho confundido por la tentación y quién sabe cuántas cosas me decía que ni entendía sabiendo que ella ni conocía a Stephen J. Hampsted.

Fueron mis primos en Guanajuato los que me dijeron que Hampsted había violado a Bill. *Se lo cogió*, dijeron, *y te hubiera cogido a ti si no te echas a correr*. No había manera ni me atrevía a hablar de eso con mis tíos, ni mucho menos con mis abuelos. En realidad, yo ni sabía cómo habría podido cogerse a Bill el Monstruo del Bosque, ni para qué la pasta de dientes y las nalgadas con la raqueta de madera. Me soltaba a llorar en las noches y me daba pavor volver a Mantua y tener que encarar a Bill y pedirle perdón por haberlo abandonado en medio del bosque, al filo del anochecer y escuchar que lloraba de lejos, que lloraba a gritos.

Por eso llevaba quince años esperando escribir la historia, porque al volver se empezaron a acumular los días en que simple y llanamente se dio por zanjada la pesadilla. Mis papás invitaron a cenar a los Connors y luego, a la semana, ellos nos invitaron a comer en el jardín trasero de su casa; mi madre callada parecía aprobar todo lo que decían los demás con una sonrisa de veras dulce. Mi padre y los papás de Bill nos decían que Hampsted había sido ya consignado a una correccional para menores, que una vez que alcanzara la mayoría de edad sería también juzgado por habérsele identificado con una banda de otro condado vecino que se dedicaba a robar casas. Bill recordó cuando lo había visto fumando en un coche cerca del supermercado y lo dejaron hablar y concluyeron que sus amigos eran los de la banda que había robado casas, pero luego nos pidieron que simplemente diéramos por olvidado el horror.

Los Connors nos contaron que Bill asistía a unas sesiones con una trabajadora social, que empezaba a superar el trauma de todo lo que había pasado, que desde luego no creían que yo tuviera culpa o responsabilidad alguna por haberme echado a correr y dejarlo solo. Al contrario, dijeron que de no haberme escapado, Hampsted quizá nos hubiera matado a los dos, que traía cuchillos de pescador y un mazo en la mochila. Jamás dijeron la palabra psicólogo o psiquiatra. Repetían el nombre de la trabajadora social y era la primera vez que yo escuchaba que ese trabajo existía y yo callado recordaba lo que me habían asegurado mis primos en Guanajuato y le sonreía a Bill y sentía que en verdad no me guardaba rencor alguno. Mi padre se concentró en resumirles el anverso cultural, la parte católica-apostólica y guanajuatense del tema: que si el catecismo y la primera comunión, que si la orientación espiritual me había ayudado a entender las cosas y que de por sí había muchos temas de adultos que yo —según mi papá— había tenido que digerir por las ausencias de mi madre. No se hablaba de las ausencias de mi propio padre, de las horas en que tardaba en llegar todas las noches, dejándonos al cuidado de May y sus palabras y quizá por eso se fueron acumulando desde entonces cada día todas las horas con las que se fueron sumando quince años hasta que se me ocurrió escribir la primera versión de esta novela que hasta ahora creo quitarme de encima. No se hablaba de que en pleno bosque de la memoria se nos pedía jugar a la amnesia. Punto.

En el primer intento por escribir todo esto —sin importarme qué tantas páginas me llevaría escupir el trauma de lo que nos pasó— empezaba por hilar los recuerdos de las muchas veces en que seguimos jugando en el bosque juntos Bill y yo, con todos los demás niños y niñas como si nada hubiera pasado. Solamente una vez Rick Davis se enojó con Bill y dijo algo de la pasta de dientes. Se agarraron a golpes hasta que lograron separarlos, pero jamás se volvió a mencionar nada que tuviera que ver con Hampsted. Todo Mantua sabía que los ancianos padres del energúmeno se volvieron aún más misteriosos e invisibles de lo que ya eran desde antes del horror; de vez en cuando se les veía en el centro del condado de Fairfax, en el supermercado o en alguna de las iglesias de quién sabe qué credo, pero nadie se atrevía a molestarlos. Ellos no tenían la culpa de que su hijo fuera un violador y ladrón ya preso.

Nosotros éramos niños del bosque, cada nombre con una palabra para cada quien y cada día de la semana. John y Jeff, peces de colores en lunes; Stacey como viña de martes; Jerry sobre una ala delta, triángulo en vuelo los miércoles y pentágono es *home*... y el mundo es afuera, lejos del bosque. El diablo era del mundo y sus ancianos padres quizá veían las lucecitas como sombras de todos los niños y sus mascotas que se enredaban entre las ramas del bosque. Bowtie era collie, Lady una labradora, Buster un labrador pero negro que comía crayolas y cagaba arcoíris, Whiskers era infalible adrenalina que mordió a mi hermana Brenda, mientras Maylou paseaba con correa a un perro invisible. A veces todos los juegos se interrumpían con una cargada de la caballería ligera con Leroy el dálmata de vanguardia o el relámpago de Fifí, poodle negro y luego, allá arriba de una colina, un beagle llamado Waggles tan entrañable que daban ganas de comérselo con miel de maple, que en español es arce en medio del universo nuestro de pino, roble, chopos y troncos sueltos con piel de musgo y senderos sombreados y una carcajada de mi amigo Meltzer el judío y Quentin casi albino de rubio y Mary Ann que era pentecostés en jueves y Sherry anglicana de viernes y domingo y un catolicismo bilingüe y el metodista de la casa rosada o el evangélico de manga corta y los primeros negritos que se integraban al bosque para vivir al lado de la casona de Nahili de la India y el acento australiano de Marcus y entre todos los aplausos que bajaban del follaje de las ramas salía Michael, Mike, Mikey cardenal de pelo rojo y pecas perseguido en carcajadas por dos coreanos en uniciclo; Mike como un rayo de sol, pelirrojo de rulos largos, más rápido que la luz que se menguaba en la séptima entrada de un partido de beisbol en un estadio impalpable o en el cuarto cuarto de un Super Bowl en la hierba de verdad, enlodados los guerreros con cascos oficiales hasta que se oía a lo lejos la voz de una madre llamando a sus hijos para cenar o eso que llaman *supper* y el universo se callaba para que cantara un búho, ¿o era lechuza?

El diablo que quiso engañarnos no era de ese universo bosque. Nosotros le hicimos la víbora de la mar, *ring around the rosy*, descalzos en verano, con botas en la nieve: todos —absolutamente todos— los niños florecían en una enrevesada utopía de convivencia, comulgábamos en la misma sed y el diablo nos engañó con su mundo siniestro y quizá —*just maybe*— todo se quedó en silencio, al filo de los olvidos y el bosque

que es memoria filtró la confusión de ciertas amnesias aunque todos sabíamos que fuimos niños de la víbora de la mar, *ring around the rosy children* y la maldad era espejismo lejano que nos obligaba a nunca detenernos, nunca limitarnos, nunca envejecer.

Never die young, sincronizando con luna con letras y estrellas como tipografía tribal, suspirando ante un helado y lágrimas de Navidad sobre un pino verde, demasiado para el mundo y suficiente para el bosque, cada arbusto y cada árbol gigante, imantados por la niña que se recarga en un tronco para contar hasta cien casi a gritos, mientras los demás niños del bosque juegan con ella a las escondidillas o a patear el bote para que se eleve hasta el espacio y un pecoso pelirrojo encesta desde lejos una canasta en el último milisegundo que le queda al sueño de una utopía que nos marca para que nadie, precisamente nadie nunca muera de niño.

Pero al volver de la primera comunión, al tiempo en que yo me reintegraba a la primaria de Mantua, Bill ya asistía a la *junior high school*, y aunque seguíamos siendo los mejores amigos del universo, lo cierto es que se notaba que él empezó por concentrarse en su propia vida. Ya tenía otra novia y en pocos meses empezó a manejar el coche acompañado de su mamá. De vez en cuando volvíamos a la biblioteca con reportajes que le entregábamos a su padre, con nuevas libretas de reporteros y al poco tiempo el tema especial ya no era Vietnam sino Watergate y nos burlábamos del presidente Nixon y nos aprendíamos los nombres de todos los involucrados en la trama. Erlichman, Haldeman, John

Mitchell, Spiro Agnew… *The Washington Post* y Mr. Connors nos hablaba de unos compañeros del periódico que se llamaban Bob Woodward y Carl Bernstein, mucho antes de que se volvieran película y de cómo corrían las noticias por el piso de la redacción.

En más de una ocasión Mr. Connors nos había llevado al *Washington Post* y veíamos el piso largo de las máquinas de escribir alineadas como pianos de hilanderas o pequeños molinos en sinfonía desconcertante de tecladazos y campanilleos y el idéntico télex que había en la embajada de México que sonaba como taquicardia y así nos fue ocupando todo el tiempo que se fue entreverando con el olvido aparente de todo lo que habíamos vivido aquella noche en el bosque.

Dice Eliseo Alberto que quien no cree en la amistad a primera vista jamás podría creer en el amor a primera vista. Crecí sabiendo que había abandonado en medio de la peor tragedia a mi mejor amigo y quizá por lo mismo abocado a jamás volver a fallarle a nadie, pero al mismo tiempo —sin ira o rencores en la saliva— me forjé una piel absolutamente intolerante con cualquier viso de abuso o mentira. Llevaba ya varios años de lo que llaman vida adulta convencido de que hay personas, todas, a las que uno se entrega enteramente y sin tapujos sabiendo que hay gente, mucha, que en cuanto revela el cobre anverso de sus falsedades no merece volver a verse. Crecí y camino siguiendo las huellas de los que me quedan cerca, pero evitando pisar o seguirles los rodeos a los que trazan círculos concéntricos con sus mentiras y engaños.

Me hice mexicano del todo al llegar a México con casi quince años de edad, sorteando en filtros instantáneos quién o quiénes de mis conocidos se volvían cercanos o entrañables y cuántos resultaban ajenos; perdí el acento gringo en ganaderías de Guanajuato y en las escuelas de la Ciudad de México sabiendo que tarde o temprano intentaría cumplir con lo que desde niño ya sabíamos Mrs. Grabsky y yo: que yo intentaría ser historiador, aunque seguramente viviría de lo que escribo. Ahora que lo escribo, pienso que Mr. Connors también estaría contento con saber que trabajo en un periódico, aunque el verdadero periodista sea Bill. Había terminado la carrera y un doctorado que alcancé a dedicarle de lejos a mi maestra Mrs. Grabsky, pero yo sólo quería escribir historias más que dedicarme a la Historia con mayúscula aunque daba clases de esa materia en la universidad todas las tardes. Pero eso que llaman vocación estaba en los cuentos y en casi todos los que intentaba escribir se filtraba esa noción de culpa no resuelta con Bill y con la amnesia de May, con todo eso que en las familias se da por callado, lo que no hablan las parejas, lo que no dicen los políticos, lo que callan los plagiarios, el silencio que rodea a todos los impunes que vuelven a pasear sus caras con absoluto descaro por el mundo como si nada hubiera pasado. Como quien sale de su bosque personal al claro despejado de una conciencia limpia.

Cumplí treinta años y poco tiempo después ya cargaba a mi primer hijo en brazos. De madrugada, le daba la primera mamila del día antes del amanecer y de vez en cuando me acordaba del bosque. Sabía que algún día habría de volver quizá para que mi hijo y los hermanos que llegaran a acompañarlo con mi apellido conocieran la geografía de mi otro idioma y para verificar que el bosque es memoria intacta, que la escuela es idéntica en todas partes mientras haya una sola maestra que ayude a que el alumno construya por sí mismo el camino para aprender, que la vida se quedó fincada en todas las travesías que vivimos de niños y no solamente en el naufragio de aquel horror. Cualquier horror.

Sabía que tendría que volver a verme con Bill Connors y juntos hablar ya como adultos del diablo en persona, del monstruo Stephen J. Hampsted pudriéndose para siempre en una cárcel de Virginia. Había días en que la peor parte de mí deseaba que lo violaran todos los días en la cárcel siete piratas en fila, doce soldados en el lodo, una legión de homicidas y drogadictos al filo de las rejas, cada uno con un tubo de pasta de dientes, cada quien con su dentífrico favorito para reventarle el culo al demonio y luego me entraba la culpa católica-apostólica y guanajuatense y murmuraba en silencio oraciones inventadas donde me concentraba en suplicar un callado suplicio para Hampsted, un dolor de conciencia profunda, aislado del mundo, en una celda solitaria y sin poder salir jamás a dar paseos en pasto alguno ni tener acceso a cuerdas para nudos ni mucho menos navajas de cualquier filo. Así, de vez en cuando, pensando la madrugada en silencio hasta la primera mamila para mi hijo, al filo del amanecer y de pronto suena el teléfono.

¿Jorge?... George?, dijo la voz y al instante supe que era Bill.

XII. *Past is present mixed with future.* Pasado es presente que se confunde en futuro

Serían casi las cinco de la mañana. Había dejado a mi hijo en la cuna y quería volver a dormir. Te acercas a la milpa frondosa, acomodando la almohada, y estás a punto de perderte en una escena del *Campo de sueños*, desintegrándote dormido para poder viajar a donde sea mientras Kevin Costner se te queda mirando en silencio y suena el teléfono. Reconoces la voz intacta del mejor amigo de tu infancia y tardas en entender que ahora él también habla español y se le enredan las palabras con el inglés y te dice que aterrizó esa misma madrugada en la Ciudad de México y que está en el Hotel Reforma, que tiene una emergencia, que consiguió mi teléfono por medio de un periódico donde trabaja y que si le puedo ayudar.

Gloria rompió fuentes, dijo con un acento que embonaba perfectamente con la voz que tenía cuando éramos niños.

¿Eso qué es?

We're having a baby, man!, vente para acá. Hotel Reforma. Make it quick!

Voy para allá, dices dormido y no puedes creer que te estás vistiendo cuando ya vas al volante de un coche, directamente a tu infancia, a punto de ver nacer a un bebé que es hijo de tu amigo del bosque cuando acabas de dejar a tu propio hijo en la cuna.

En el Hotel Reforma coincides con la llegada de la ambulancia y vuelves a ver a Bill Connors, casi quince años después del día en que se despidieron en el bosque. Primero salió el camión de la mudanza, con toda la casa de toda una vida empacada en colchonetas y sesenta y dos cajas de cartón. Toda la memoria construida en dos idiomas en viaje directo a México, donde May ya había recuperado todos los hilos de su pasado en español. Todos tus amigos del bosque, todos los niños y niñas en caravana multitudinaria de bicicletas alrededor del coche, pedaleando con timbrazos hasta la salida de Mantua, donde tu padre acelera para tomar la carretera al aeropuerto y tus hermanas te convencen de que mires para atrás, que se queda intacto el bosque con un mantón de todos los verdes donde se agitan quién sabe cuántas manitas como hojas al azar.

Bill te abraza y ayuda a los enfermeros a subir a Gloria a una camilla. La mujer habla perfectamente español, con un acento que no logras precisar y que más tarde sabrás que ella es colombiana, que se conocieron en Columbia University y que los dos hijos mayores se quedan contigo mientras ellos ya van a toda prisa al hospital de *Sanquiénsabequién* en Polanco y le llamas a tu hermana y se quedan de ver en donde han de parir Gloria y Bill el tercer hijo de su familia, mientras entretienes a sus primeros dos hijos en una habitación que tu hermana empieza a poblar con flores y regalos en colores pastel.

Estás dormido en la cama de una maternidad cuando llega el mejor amigo de tu infancia, el que no habías visto desde que te fuiste del bosque porque eso es quizá lo que andabas soñando en ese momento y lo ves abrazando a Maylou y a May, repitiendo en voz alta el nombre de la niña que le acaba de llegar y lo miras vestido de médico, con fundas azules sobre los zapatos, de gorro y camisola de manga corta y la misma cara de antes, el pelo rubio, la mirada y nariz idénticas a James Taylor, *In my mind I'm gone to Carolina*, y lo abrazas y lloran sin que se convierta en drama y se ríen y Gloria está bien y todo salió bien y *we were ring-around the rosy children* y llegamos en la madrugada y quizá el avión adelantó el parto y ya tenemos otros dos hijos y me enviaron a México como periodista, como mi padre y *You've Got a Friend*.

May le llama a Lola su hermana, Maylou le llama a Brenda en D. C. De pronto ya con Gloria en su cama, con la bebé en brazos, Bill y tú se dan cuenta de la instalación del imperio femenino y deciden salirse del hospital y lo llevas a dar de vueltas en el coche, el bosque de cemento de la ciudad. De Polanco al Zócalo, por Tlalpan hasta Coyoacán, a San Ángel y de vuelta, parando en lugares estratégicos para el tour del taco, tamal y torta, tequila y tamborazo, la pura vitamina *T*. Ya mareados, hasta cervezas traen en el coche cuando pasan a la casa a saludar a tu papá y allí están las fotos, el bosque de Mantua, los monumentos de Washington, los recuerdos intactos y el silencio que se impone como antesala. *Never Die Young*.

Así que le dices, de entrada, que te perdone. *Please forgive me*. Que en español sonaría a un por favor vuel-

151

ve a darme o darte conmigo o darme la oportunidad
de darte mi afecto de nuevo y Bill se queda callado.
Te deja hablar. Llora contigo, pero te deja suelto como
si supiera que llevas quince años esperando decirle lo
que quieres decirle. Que te acuerdas de todo, casi todo.
Que no pasa un solo día. Que lo de la primera comunión y ese pactado silencio fue todo un vértigo sose-
gado, una calmada tormenta que todo mundo aceptó
sobreactuar y le dices que sientes culpa, que a los siete
años no sabías a ciencia cierta qué les podía pasar ni lo
que le pasó a él y que los años que siguieron, las pocas
veces que se volvieron a juntar como antes, que simplemente no se podía hablar de nada y que a los catorce
ya para venirte a México ambos se miraban como si ya
supieran todo porque en realidad siempre fuimos amigos que sabíamos decir las cosas sin hablarnos y que de
hecho ese día no tuvimos que hablar mucho para saber
que nos estaba mareando el diablo, que nos estaba en-
gañando, que nos había engañado desde el primer día
y que andábamos dando vueltas en círculos y por favor
perdóname que te oía gritar llorando y seguí corriendo
hasta salir del bosque porque le quise ganar a la noche
y que luego te vi envuelto en la cobija y las torretas de
las patrullas y los policías y se sirven otros dos tequilas
y papá dejó cervezas, dejándolos solos, sabiendo que
tenían mucho de qué hablar y se serena tu discurso y le
informas como si fuera un hermano mayor de tus historias y de la Historia y de las clases en la UNAM y que
Mrs. Grabsky tenía razón y entonces intercala que él se
hizo periodista, que su padre se jubiló del *Washington*

Post y que le seguía regalando libretas de reportero hasta el día de ayer y que el bosque sigue intacto y que su hermano mayor se volvió piloto de guerra pero que con él no se puede ni hablar y que Liza sigue medio hippy y qué risa que nos acordemos de Woodstock y la escuela y Gloria la colombiana de Columbia University y ahora tres hijos y la oficina de México y que deberíamos volver al hospital.

Las horas se van alargando como si compensaran quince años de distancia y te animas entonces a decirle que has escrito una novela; vas y la buscas y se la entregas —a tu amigo de la infancia americana— el mismo día en que le ha nacido una hija mexicana. Le dices que está escrita en inglés y que algún día la quieres traducir, pero que habría que dejar muchas palabras tal como están y que quizá habría que publicarla con música, para que cada párrafo llevara las canciones de toda esa época que explican mejor todo lo que veíamos y oíamos, y entonces Bill Connors se te queda mirando y dice que entiende perfectamente lo que dices, que el tiempo también le permitió confundir a él mismo la cultura de la que ahora hablas de lejos y lo que era el *American way of life*, pero hay algo que no le suena, que quiere aclarar que no tiene nada que perdonarte porque es él quien se quedó inmóvil, gritando a llanto, llorando a gritos sin poder hacer nada cuando el monstruo de nuestra infancia empezó a perseguirme por el bosque con sus botas de militar y una pala como mazo y que se resbaló del tronco con las nalgas ensangrentadas y lloraba a gritos sin poder hacer nada sabiendo que el diablo te alcanzaría. Que no pude hacer nada cuando te iba a violar, que lloraba incluso con la trabajadora social, cuando le explicaba que eras muy pequeño, que yo sí sabía todo el daño que te hacía violándote y quizá dejándote tirado en el bosque y quién sabe cómo llegaron hasta el claro los policías y tu papá y me desamarraron, desatando los nudos y yo tartamudeaba y repetía *rape* y *raped him, rape* y *raped him*…

Lo recuerdas de pronto como un fuego de luz. Steve Hampsted corriendo tras de ti, cada vez más cerca, más rápido y se tambalea y corres hablando a gritos o en murmullos, seguro de que sabes perfectamente por dónde corres y las ramas en la cara y la noche que se asoma entre las sombras y el diablo viene atrás y se alejan los gritos de Bill y sales al claro y viene tu papá y es él quien le suelta un puñetazo y lo para en seco y salen otros vecinos y llaman a la policía y quince años de silencios y mentiras, de lo que no se habla, de lo que todo mundo daba por hecho, de la trabajadora social y la primera comunión y entonces Bill y tú de adultos, con varias cervezas y tantos años encima esperan juntos a que vuelva tu padre y así de sencillo preguntarle si él se acuerda y entre los tres descubrir que se llora riendo, que hay risas en llorar, que no puede ser que ambos se daban por violados, que a ninguno lo violó, que ya detenido Hampsted confesó que había violado a otros, otros niños y niñas de quienes jamás se habló en el bosque ni en el condado porque todos los vecinos se inventaban formas de callar, maneras de amnesia, *don't get involved, don't press charges*, no te involucres, no te enrolles con acusaciones y nadie llevaba a juicio a nadie, ni a la panda de rateros que robaban casas en verano ni al demente que violaba niños con navajas de afeitar, cuchillos de pescado y sogas con dogal. Y faltan más tequilas, más cervezas, antes de llevar a Bill de regreso al hospital y de todos modos llévate la novela y léela, que tampoco será difícil que me ayudes a corregir, qué maravilla que también escribes, qué maravilla que no te violó, qué maravilloso que ambos crecimos para ser escritores, qué maravilla que no me violó y que en realidad es un milagro de pura agua del azar, que tú creciste creyendo que me había violado el monstruo que yo también creía que te había violado y que ambos deberíamos hacer un reportaje sobre los otros niños que sí violó Hampsted y un ensayo sobre la vista gorda y los oídos sordos en ambos lados de la frontera, la negación *católicaapostólicaguanajuatense* del pecado y de la pederastia, el borrón y cuenta nueva *yankeeanglosajona* de las cosas que nadie saca de los pantanos de la amnesia y del bosque de la memoria compartida.

XIII. *The Good Humor Man*

A lo largo de los dos siguientes años, Bill Connors me ayudó a limpiar la versión en inglés, la primera versión de esta novela que ahora vuelvo a escribir en español tal como sabíamos que lo haría, inevitablemente dejando palabras o frases en inglés. Así ha de suceder al revés, cuando logre publicarla en inglés para descubrir que habrá frases y palabras en español que no se pueden decir en otro idioma. Así le pasaba a May cuando vivió la lenta recuperación de su memoria, cuando todos los niños del bosque intentábamos ponerle nombres al mundo y en realidad no sabíamos que *naranja* no es lo mismo que *orange*, aunque así lo diga el diccionario, porque para May naranja es siete, como treinta y dos son buganvilia, amarillo el miedo y verde, infinidad. Dos y dos, morado, ciento veinte = claridad; *open* no necesariamente es abierto, ni *talking* es conversación, pero infancia es felicidad, incluso en silencio, y bosque es memoria.

Bill corrigió como periodista lo que en prosa se confundía con realidad y vernos cada dos semanas en México era pretexto para corregir cuartillas, pero también para ver que seguíamos cultivando una amistad de infancia con las mismas conversaciones sobre las guerras, las nuevas guerras, las otras guerras y canciones de una música que ya nada tenía que ver con lo que cantábamos de niños. Hablábamos del mismo equipo de futbol americano y él ya había adquirido la insólita afición al futbol que de niños llamábamos *soccer* e incluso lo llevé a las corridas de toros en varias ocasiones y parecía ampliar su vocabulario y su cultura de no-gringo con todo lo que comíamos y paseábamos juntos.

Fuimos hilando recuerdos que merecían entrar a la novela y otras muchas cosas que no valía la pena redactar. Me fue contagiando del oficio que ya tenía en el periódico como profesional y de vez en cuando me invitaba a acompañarlo en reportajes. En México, cubrió el entierro de un narcotraficante en Culiacán que todo mundo sabía que no era el que reposaba en el ataúd, porque el verdadero narco se había hecho una cirugía estética en una maternidad y su banda lo había sustituido con un sicario que era su clon cuando se enfrentaron al ejército; luego, hizo una serie en tres partes sobre tomas clandestinas de gasolina en Tabasco y Veracruz donde muchos lugareños salían a cargar los tanques de sus coches sabiendo que era puro mercado negro repostar en medio de un maizal y Bill ganó un premio con una historia alucinante de un comerciante que había lavado dinero para un político corrupto que anduvo por Europa con una falsa identidad hasta que lo cacharon en Grecia.

Como se ve, ambos nos quedamos con el tema de las imposturas, las verdades a medias y las mentiras veladas. A medida que corregía la primera versión de la novela, a Bill y a mí nos quedaba claro que las únicas verdades que merecían quedar intactas eran las de la memoria de May y la insólita confusión compartida de haber vivido creyéndonos violados por culpa del Otro que habíamos sido cada quién. Que quedara claro el enredado bosque no tan claro de la amnesia de mi madre, que en realidad sólo ella y ella sola podría narrar; que no importaba que novelara los detalles, los relevos de parientes, la confusión de Brenda como hermana y las listas de palabras que le preguntaba a mi papá: lo importante era honrar que May había vuelto, como quien narra un despertar y por lo mismo no importaba si lograba sincronizar los minutos exactos de nuestro mareo en el bosque, las sirenas, los nudos y demás: lo importante era honrar que nos habíamos salvado de una muerte, o de haber sido violados, y que escribirlo no como periodismo de denuncia, de papeles amarillos, sino como novela era una mejor manera de asentar una verdad. La verdad de la inocencia o la fragilidad, o la verdad de la verdadera amistad o la verdad de la maldad...

Pero a tu novela le falta algo, George. Algo que yo esperaba encontrar y que al paso de este tiempo que nos hemos vuelto a ver no mencionas o no quieres recordar, me dijo Bill el día que anunció que Gloria y él estaban nuevamente embarazados. Aún no cumplía dos años su hija mexicana y éstos ya habían encargado de nuevo un bebé que quién sabe si también nacería en Polanco o Polonia, porque también me confió Bill que había rumores de que lo promoverían en el periódico donde escribía y que quizá se acercaba una nueva mudanza. Ahora sería él quien se alejaba en coche y yo lo tendría que seguir en bicicleta hasta la salida de otro bosque para despedirnos nuevamente sin saber —de veras, sin saberlo porque así lo convenimos— si nos volveríamos a juntar.

Yo intuía lo que faltaba. Imaginaba que él también se daría cuenta de que no había metido precisamente esa escena de la que hablaba sin hablar porque se trata de algo aunque invaluable, en el fondo inexplicable; aunque excepcional para ambos, quizá absolutamente insignificante o incluso cursi para los demás. Yo sabía que Bill se refería a lo de los helados y la moneda, pero quizá estaba también esperando que él mismo me lo preguntara, como para verificar que a mi mejor amigo de la infancia del universo también se le había grabado una escena como algo de veras trascendental.

Dime, George, ¿cuál ha sido el día más feliz de tu vida? Come on, dilo. Quiero que lo digas porque sé exactamente cuál es, aunque no nos sepamos la fecha ni tú ni yo.

De no haber ido a un santuario en Jalisco para encomendar un embarazo o de no haber sucedido un eléctrico chispazo sanguíneo en el cerebro de May a la pareja que ya formaba con mi padre le esperaban becas de estudios en economía por todo el mundo, diplomacias y conversaciones pero ajenas a toda forma de amnesia y sin visos de vacío alguno. De no haber ido mis papás a pasar un fin de semana en un enero nevado en Berlín, yo no estaría aquí intentando poner por escrito una vida y de no haber asistido a un baile de congresistas que se celebró cerca del Capitolio de Washington no habría llegado Maylou y de no haber reclamado como lo hizo un reverendo los inalienables derechos que merece todo ser humano, así haya que quemar los templos de mármol, no nos habríamos mudado al bosque de Mantua, Brenda no sería mi hermana y Bill Connors quizá jamás habría sido expulsado de los Boy Scouts.

De haber crecido en Georgetown, mi hermana y yo seríamos niños menos de bicicleta que de cortos recorridos por las aceras arboladas de las calles; hubiéramos asistido a la escuela en camiones amarillos pero jamás andando por veredas de un bosque hasta salir al claro donde se alzaba como casona de cuento la primaria de Mantua. De haber seguido viviendo en Foggy Bottom, la neblinosa zona de casitas pegadas a Georgetown, mi hermana y yo habríamos quizá asistido al funeral de un viejo griego que atendía una tiendita en la esquina, y habríamos sido visitantes más asiduos a los museos y usuarios más que frecuentes de la biblioteca más grande del mundo, al lado del Capitolio.

La infancia urbana en toda ciudad del mundo consigue sus golosinas en tiendas y tienditas. *Walking distance*, que vamos andando a la esquina o que hacemos un paseo más largo a la pastelería o la heladería, pero la vida en el bosque es la antesala obligatoria de la libertad total en bicicleta, la aventura libre de todos los días recorrer campos abiertos para ir a la escuela o inventar que la nieve nos ha llevado a las faldas del Himalaya, de pronto instalados en el verano como selva de Tarzán y primaveras a bordo de un barco donde viene escondido Long John Silver. *La isla del tesoro* en medio de unos altísimos árboles sin nombre ni sombra y el alivio de volver a casa y explicarles a los gringos el sabor rojo del agua de Jamaica que trajeron mis abuelos de México que son flores que hierven y sueltan la esencia que luego se enfría con hielos y no es lo mismo que su *lemonade* de limones flotando en medio del calorón de los veranos.

Habitar el bosque era efectivamente depender de los automóviles para ir a las tiendas de ropa y a los supermercados, pero también plantearse la excursión de casi todos los días en bicicletas que cruzábamos entre las ramas bajas de los árboles, a veces por senderos que ya alguien había trazado en siglos pasados, cuando aún no existían modelos de bicicletas que llaman a campo-traviesa o de montaña.

En realidad, los niños del bosque dependíamos del Good Humor Man, el hombre del buen humor, el viejo regordete de cabello rojo, pecas en los cachetes inflados que se reía siempre con nosotros. Es triste aceptar que en realidad nadie sabía su nombre y que simplemente lo conocíamos como Good Humor Man, pero bastaba escuchar el sonido de las campanas —incluso cuando llegó la época en que proyectaba su llegada con una musiquita que hacía sonar por medio de una bocina— y todos los niños salíamos de toda guarida para alcanzarlo, en bicicleta o corriendo al vuelo para ver quién llegaba primero, sacar las monedas que ya teníamos apartadas y hartarnos de helados, malteadas y todas las golosinas y dulces de todos los colores que el hombre del buen humor, siempre de buen humor, llegaba incluso a fiarnos.

Apenas se avisaba la primavera, aparecía el camioncito blanco con el hombre vestido de blanco al volante en un espacio reducido tan sólo para su único asiento, pues todo el resto del camión estaba acondicionado para manjares: un pasillo estrecho con la ancha ventana lateral que se abría como carpa y un cuartito de refrigeración que a veces entreveíamos cuando el Good Humor Man se metía a la trastienda por algún sabor secreto de todos los helados o una caja recién estrenada de chicles infinitos, bastones de dulce, paletas bicolores. *Willy Wonka on wheels*, de marzo hasta noviembre, cuando empezaba a helar por las noches y Thanksgiving se convertía en la antesala de las nevadas y navidades.

En la escuela llegué a decir en voz alta que soñaba con el milagro de que algún día de diciembre llegara el Good Humor Man con chocolate caliente y churros a la española o bollos calientes, acondicionando su camioncito blanco como trineo y todos los compañeros se reían a carcajadas imaginándolo vestido de Santa Claus y patinando por las calles que en realidad no eran calles sino senderos del bosque hasta perder el control y estrellarse contra los árboles alineados al final de un infinito prado nevado. *Mejor sueña que lo llevan volando unos renos*, dijo la maestra, pero lo que importaba entonces —y quizá como remoto cimiento de obesidades adultas— es que incluso fuera de temporada yo soñaba con que siempre llegaría el Good Humor Man.

Cuando Bill Connors me preguntó si recordaba cuál había sido el día más feliz de mi vida, ambos sabíamos perfectamente que se refería a la tarde de un verano sin fecha en ningún calendario en que llevábamos horas tirados en el pasto recién podado —o césped recién cortado como mejilla vegetal— y se me ocurrió revisar los bolsillos de mis jeans y tristemente descubrir que sólo contaba con una miserable moneda de cinco centavos, un insignificante *nickel* con la cara inmóvil de Thomas Jefferson mirando al vacío y del otro lado un bisonte perdido en la pradera solitaria del más lejano oeste. Se hizo un silencio que aún puedo calcar sobre un papel y además sabía que me miraba Bill, cuando pensaba que la cosa podría haber salido peor de haber encontrado un centavo suelto, uno de esos pobres *pennies* de cobre, con la cara callada de Lincoln que decían las maestras que había que respetar porque de ir juntando uno por uno, *one by one* se amasaban las grandes fortunas del mundo. *Pennies from heaven* caerían del cielo si sólo fuéramos constantes y ahorradores y *quiénsabequé*.

Así que Bill Connors se levanta de pronto del pasto y toma la moneda de mi mano y me dice, *Tenías un nickel y ahora ya no lo tienes. Si fuera una moneda de oro, de las que llenan el cofre del tesoro, ¿qué pedirías?*

Relamiéndome los labios le dije que deseaba un sundae de chocolate fudge con cacahuates esparcidos sobre las montañas de vainilla y coronado con una cereza que chorreara jugo sobre el milagroso helado y una paleta bicolor de lima-grosella y la paleta en forma de nave espacial y el sándwich de esquimal de galleta de chocolate con helado de vainilla en medio de sus mitades agujereadas como tejido y luego la malteada de fresa con espuma espesa y el banana split para mi solito porque siempre había que compartirlo con Maylou.... Y estaba salivando y Bill se reía y puedo jurar que se plantó delante de mí, a menos de un metro de mi propia vista y que tenía una camiseta blanca de manga corta y *quién-sabecómo* pero de pronto cerró el puño donde tenía mi monedita de cinco centavos y, en el instante exacto en que escuchamos las campanillas del camioncito blanco del Good Humor Man que se acercaba por el bosque, Bill abrió la mano y me entregó como si nada una inmensa moneda de plata pura que yo jamás había visto en las tiendas. Era un monedón que parecía medalla y al tiempo que me decía que era de plata pura, de colección, y yo le preguntaba cómo lo había hecho, sentí el peso de toda la felicidad en la palma de mi mano.

MAGIC!, dijo Bill cuando volví a preguntarle, ya delante del Good Humor Man, que a su vez me preguntó asombrado que de dónde había sacado yo esa joya. Yo creo que Bill le hizo un guiño o quizá incluso le dijo que se la habían dado a su padre en el *Washington Post*, pero el caso es que el gran pelirrojo, el infalible hombre del buen humor me dijo sonriendo que pidiera lo que quisiera e incluso ese día invité los helados de siete niñas y ocho niños que se habían acercado sudorosos sin saber que al menos por una tarde de verano en su vida todos los dulces y helados de nuestro antojo serían gratis. Mi regalo para ellos, gracias a mi mejor amigo de siempre.

Tenía razón Bill Connors. A la primera versión de esta novela le hacía falta esta escena, porque también consta que habían pasado dos horas desde que había llegado y se había ido el Good Humor Man y yo seguía pegándole sorbos a la malteada espesa de fresa hasta acabar tirado en el pasto, viendo toda la zoología inventada de las nubes y con voz lánguida, como si hubiera cruzado el Sahara con Beau Geste y la Legión Extranjera en película de blanco y negro, le dije en cámara lenta: *Éste es el día más feliz de mi vida y jamás… ¡Nunca!… Jamás lo voy a olvidar.*

XIV. Buenos Aires

Le prometí a Bill que metería lo de los helados, pero me tardé porque seguía con dudas. Me parecía que era una epifanía que él había producido con lo que aprendió de magia y prestidigitación en unos libros de la biblioteca y ciertamente había sido un festival colectivo, celebrado por todos los niños del bosque que vivieron el instante, pero yo seguía rumiando que quizá para el lector de la novela no sería más que una escena innecesaria en el mural de una infancia vivida en el bosque de la memoria, como telón a la amnesia de la que había finalmente amanecido mi madre.

Me tardé tanto en escribir la escena que el día en que finalmente la redacté e imprimí para entregarle nuevamente la novela corregida y aumentada, fue el mismo día en que me dijo que lo habían trasladado a las oficinas de un periódico en Buenos Aires y que el bebé que ya estaba por llegarles nacería en Argentina. Me prometió que leería la versión corregida, ya insertado el milagro de los helados, pero que le tuviera paciencia y que por ningún motivo se me ocurriera publicar ninguna versión de la novela, en inglés o español. *Ni se te ocurra partir en cuentos las partes de la novela o entregar como adelanto fragmento alguno. Hazme caso. Te lo digo como miembro de la patrulla independiente de ex-*

ploradores y reporteros que seguimos conformando: así esté escrito como lo hayas escrito hay algo que sólo yo te puedo regalar para que de veras des por terminada la historia y ambos —todos— demos todo esto por escrito, ya sellado para siempre en tinta el bosque que es memoria. Memoria de May, de nosotros y de lo que nos pasó, pero también de Maylou y de todos los que fuimos niños tan cerca de una ciudad monumental y blanca, viviendo en un paisaje que parece no tener nada que ver con el tiempo ni con los idiomas que ahora nos unen. Te prometo leer despacio y detenidamente, nuevamente, otra vez, esta versión y te escribo de Buenos Aires.

Que Bill Connors imprimiera una tensión dramática en toda esta historia es en realidad meramente circunstancial. Una novela no existe del todo hasta que es publicada y leída; no es que no tome en cuenta la lectura que hacen del manuscrito los amigos o los editores o los miembros del jurado para un premio, pero tengo para mí que la novela en realidad cuaja cuando es leída por alguien que la compra, que la recibe de regalo o que le cae en las manos en el inesperado vagón de un tren de vida. Entonces sí, todo lo que ha vertido el escritor —todo aquello que ya quedó aparentemente inamovible en tinta— empieza a moverse en la mente de un Otro. La tinta se vuelve palpable, los nombres toman cuerpo, las cosas se ven o se miden precisamente porque el que lee las conforma, las transforma para hacerlas suyas. Todas las páginas se vuelven sin necesidad de ilustraciones la pantalla más íntima de las imágenes que proyectan y cuando Bill me impuso la pausa

fue no sólo porque ambos sabíamos que esta historia
—entre muchas otras posibles— era la que más necesitaba añejarse y sedimentar sus verdades, sino también
cristalizar con tiempo las posibles mentiras con las que
se había vuelto ficción todo eso que nos consta que fue
real y verídico.

El periodista se concentra en hilar lo verificable
y evitar la conjetura de las suposiciones; el novelista
juega con lo inverosímil y depende de su ingenio y
destreza con las palabras para que todo lo inventado
sea creíble. Por lo menos, legible. Bill sabía que a ninguno de los dos se nos había olvidado el oficio que nos
heredaba su padre con las libretas, pero también sabía
que en las libretas de Mrs. Grabsky había dibujos de
inventos y mentiras dibujadas en palabras y en las listas
de palabras que yo cotejaba de noche con mi padre,
como si eso que llamamos *lavaplatos* en realidad no
existiera para May hasta que él me indicara cómo se
decía *dishwasher* en español. Lo que sabíamos ambos
era que la novela que yo tenía que escribir se deba-
tía delicadamente entre lo que en inglés llaman *fiction*
y *non-fiction,* porque no era la crónica fidedigna de
nuestras vidas ni la historia clínica y minuciosa de la
amnesia de mi madre, sino la yuxtaposición de lo que
el tiempo mismo había trastocado. Cada quien su bosque, como cada cual cultiva su memoria.

Además, no era más que una realidad inaplazable
que Bill se iba a Buenos Aires al tiempo en que le entre-
gaba la versión de lo que yo creía el final de esta novela
y tanto él como yo no teníamos ni urgencia ni proyecto

concreto para su publicación, así como tampoco planeamos recrear la despedida con bicicletas rumbo al aeropuerto de la Ciudad de México. Me encontré con él en el mostrador de la aerolínea, me despedí de Gloria y de cada uno de los cuatro niños (porque sobé en la panza de ella lo que ya parecía la pequeña cabeza del bebé que les nacería en Argentina) y al filo de los controles y detectores de metales le di un abrazo al mejor amigo de mi infancia, que ese día se parecía más que nunca a James Taylor, y procuré que no me viera llorar.

Meses después, quién sabe cuántos meses después, Bill envió el primer correo electrónico. Narraba sus días en Argentina, Brasil y Chile, las circunstancias de sus vidas y de la novela sólo decía que hasta donde la había releído le parecía buena. Decía que la leía despacio y palabra por palabra, pensando cómo se traducirían al español sus renglones en inglés. En un correo, quizá dos años después de haberse marchado a la Argentina tuvo a bien anunciar que les había nacido otro hijo, pero no decía nada de la novela. Sabía que me tenía con los nervios en punta y bromeaba como cuando éramos niños, que si no corríamos prisa, que ya llegaría el momento de revelarme lo que él sabía que debía servirme para rematarla y así seguía dilatándose en otros correos, meses después, hasta que se me hizo por pura agua del azar viajar a Buenos Aires para presentar otra novela.

La novela que me llevó a Argentina resultó ser la primera que yo publicaba y viajé sin avisar a Bill para yo también meterle un poco de dramatismo al re-encuentro. Imaginé que se enteraría por la agencia de noticias y por los periódicos y así llegué a la presentación sabiendo que entre el público estaría mi mejor amigo de la infancia, reencontrado en México para saber ambos que a ninguno de los dos nos había violado el diablo y ahora quizá orgulloso de verme como novelista publicado. Al final, se acercó y me pidió que le firmara un ejemplar, aclarando que había comprado otro para su familia, que por lo visto crecía año con año, pero que ese ejemplar tendría que firmarlo en su casa, en una cena que ya tenía Gloria preparada para el día siguiente.

Vivían a las afueras de Buenos Aires y a ambos nos pareció muy literario que llegara yo en tren. Pasamos una tarde feliz y creo que incluso hay fotografías donde estoy rodeado de todos los hijos que iban poblando su matrimonio con Gloria. Cenamos como nunca y llegada la hora, sabiendo que era precisamente lo que estaba esperando ya desde hacía años, me devolvió el manuscrito en inglés de la versión casi final de esta novela, lleno de anotaciones y sugerencias, indicándome que había escrito párrafos enteros de referencias y entrecruzamientos en el reverso de algunas páginas y todo eso que sólo a un pretencioso se le ocurriría llamar la Obra era en realidad un mamotreto del que salían quién sabe cuántos *post-its* y banderitas de colores, corregido y quizá aumentado por un periodista profesional que alzaba su copa de vino argentino y decía con una cara radiante de mago con moneda inmensa de plata en la mano: *It's MAGIC, George! Ahora llévala de vuelta a México y léela despacio —como he hecho yo— y piensa cómo se leería en*

español y de vuelta en inglés y peléate con mis anotacio-
nes y si quieres envíame correos y conversamos de lejos los
pros y los contras, lo que insistas en dejar tal cual y lo que
quieras aceptar quitarle, pero toma tu tiempo, vive la vida
que ya vives y deja que todo esto se vaya acomodando por sí
solo. Léela despacio. Lee a solas. Lee en voz alta y luego,
si quieres, que la lea alguien… pero prométeme que no
la mandas a ninguna editorial hasta que puedas volver a
Mantua y en el bosque darla por terminada.

Pensé que me saldría con algún karma budista o una cristianísima explicación de serenidad que deja que todo fluya, que la vida es esperar o que pasaría a confiarme las profundas creencias o razones de los sucesivos embarazos, poblar de niños el mundo entero, el otro bosque a las afueras de Buenos Aires y *quéséyo* cuando nos interrumpió Gloria para decir que había llegado el taxi.

Me despedí de todos los niños y abracé a Gloria sin saber en ese momento que estaba embarazada nuevamente (noticia que me informaría Bill por correo electrónico meses después) y al filo de la puerta del taxi sacó un sobre de los de las viejas cartas postales, lleno de timbres de Estados Unidos, México, Argentina, Chile y varios otros países que había recorrido con su oficio y sonriendo como si fuera mi hermano mayor me abrazó con la última instrucción: *Cuando hayas leído repetidas veces* nuestra *novela, una vez que sientas que ya todo queda bien guardado en el bosque que llevamos todos en la memoria y una vez que puedas volver a Washington y volver a Mantua… por favor, antes de que se te ocurra publicarla, lee esta carta y entonces sí, algún día, nos volveremos a ver para celebrarlo a carcajadas, tirados en el pasto con todo el helado del mundo en las panzas. I love you, George.*

No nos hemos vuelto a ver desde entonces.

XV. Mantua

Las novelas tienen un tiempo que no corresponde necesariamente con calendarios. Quien las lee intenta elogiar al autor diciéndole que devoró en una sola madrugada lo que el escritor tardó meses o años en imaginar, confeccionar, corregir, des-escribir, re-escribir y finalmente soltar sin imaginar quién leería sus palabras ni dónde serían leídas.

El cronista en periódicos sabe que la velocidad de las noticias exige que los párrafos se vuelvan inmediatos. Como dice Juan Villoro, quien escribe en periódicos ejerce *literatura con prisa*, sabiendo además que en papel uno se restringe a un determinado número de palabras inamovibles, que de pasarse son cortadas por alguien que quizá no leyó detenidamente el texto.

El cuentista apela a la brevedad y a la sorpresa. Busca narrar las historias con el ánimo de enmarcarlas en un orden en el que el final, aunque sea el principio, sorprenda al lector y le evite rodeos, paja de personajes incidentales o parlamentos innecesarios. Hace tiempo que ya nadie se constriñe al trinomio de planteamiento-nudo-desenlace, pero cada vez que se cuaja un cuento queda claro que la lectura busca llegar a su final en lo que dura un trayecto de autobús, en lo que tarda en maquillarse Ella o Él, o en lo que el dentista termina de practicar una endodoncia.

En la columna semanal de periódicos el escritor en realidad se sonroja cuando lo llaman periodista (aunque en el fondo ejerza una forma, quizá la más literaria del oficio) por considerar que los verdaderos periodistas, los que se juegan la vida en reportajes de guerra o en investigaciones de fondo, los que llevan las libretas como quien carga una cámara con telefoto, son de veras los periodistas, los que cumplen fielmente el propósito de informar a contrapelo de las columnas donde lo que impera es la opinión, aunque por ética y estética uno siga fiel a responder a las preguntas básicas de *who, what, where, when, how* y *why*, las doble uve que dicen en España, la doble u del español de América que se traduce en el quién, qué, cómo, dónde, cuándo y por qué que acentúa sus vocales específicas como código morse de una vocación en tinta.

En el *Washington Post* alguien habló de un viejo periodista que definía al oficio con una fórmula infalible: *Es probable que alguien escriba mejor que yo, pero no tan rápido, y habrá quien escriba más rápido que yo, pero no tan bien como yo lo hago*. Pero la novela lleva en sus entrañas otros tiempos y quizá por ello seguí al pie de la letra lo que me había indicado Bill Connors. Sin prisa alguna pasé años, cuando los meses así me lo permitían, leyendo la novela en inglés, añadiendo correcciones que me había señalado mi amigo en papelitos al margen, anotaciones al reverso de las páginas que conservo como el mapa de un tesoro. Seguimos más o menos frecuentándonos en correos electrónicos donde anunciaba la llegada de otro bebé (siete u ocho en total, a la fecha) y la triste noticia de cuando murió Mr. Connors y cuatro años más tarde, su mamá. Entre ambos nos cruzamos correos cuando cada quien por su lado supo de la muerte de Mrs. Grabsky.

Llegó el momento en que sentí que ya había una versión final de nuestra novela. Había leído con mi padre muchas de sus páginas, incluso haciendo el ejercicio de ir traduciendo párrafos al español para ver cómo se escuchaban, y poco antes de que muriera en mis brazos con la sonrisa en sus labios, le prometí que algún día la publicaría en ambas lenguas y entregaría en persona dos ejemplares en la biblioteca más grande del mundo del Capitolio de Washington como un pastel. Luego del entierro de mi padre, le escribí a Bill contándole todo y añadí que esperaba lograr pronto el pretexto para finalmente volver al bosque y leer de una vez por todas su carta que seguía cerrada y entonces sí, ya soltar estas páginas.

Al escribir estas líneas, May me llama de México donde vive en la misma casa con su hermana Lola y convive todos los días con Maylou y los nietos que la visitan. Mi madre es una mujer activa que todos los días trabaja en el laboratorio farmacéutico que fundó mi abuelo hace casi un siglo y nadie sabe que ella vivió media vida de amnesia, pues recuperó todos los colores de sus sabores, todos los nombres de las cosas y todos los números de sus contabilidades de México. En las tardes, May se sienta en su rinconcito favorito y no consta, pero es probable que entre sueños y duermevelas deambule sonriente por el bosque de su memoria, el mismo que recorría en silencio cuando yo era niño y al que finalmente pude volver hace unos meses.

Al volver a Washington luego de tantos años pasé siete días sin poder llegar a Mantua. Tenía que leer cuentos en la Universidad de Georgetown y participar en un concierto con la orquesta filarmónica de un director español que se convirtió en mi hermano a primera vista o diré cuñado, pues su mujer de Guanajuato me recibió en casa tan hermana como Brenda, a la que volví a ver como si no hubieran pasado los años. Al contarle lo de esta novela sólo me sonreía y abrazaba, pues ambos deseamos que todo esto, el bosque entero, quede intacto como siempre lo habíamos deseado: un caos verde entrañable que en invierno se vuelve blanco, sin mancha alguna que lo empañe.

El penúltimo día del viaje visité los monumentos como si fuera en excursión escolar y volví a saludar al elefante inmenso del Smithsonian convencido de que su memoria de paquidermo, incluso disecado, me recuerda como fui de niño. La casita de Foggy Bottom luce renovada y feliz con una inesperada bandera de arcoíris en vez de las barras y las estrellas; Georgetown sigue siendo un sueño adoquinado. Todo igual. Todo cambiado. A veinte metros de distancia sobre Pennsylvania Avenue vi de lejos al presidente Barak Obama, primer presidente negro del país donde ahora ya no es políticamente correcta la palabra del color, habiendo vivido ambos una era entera que se difumina a la vista como fotografía de

Polaroid... y pasé al lado del Partenón de Lincoln y caminé despacio por el triángulo de piedra negra enterrado en el prado verde donde se extienden los inmensos monumentos de mármol blanco y me paré al pie del Obelisco a Washington y vi de lejos la silueta de Jefferson entre sus columnas de siempre y crucé de nuevo el Potomac, enfilado por el Cementerio de Arlington donde enterraron a los Kennedy y a los hermanos mayores de mi generación. Con la carta cerrada por años llegué por fin a Mantua y en el claro más íntimo de todos los árboles que siguen allí, bosque es memoria, escuché la voz de Bill en cuanto abrí lo que leí.

XVI. Bill

(a máquina de escribir, con erratas y
algunos errores de acentuación)

Dear George, querido Jorge, Brother
and Friend que no sé bien cómo empezar con esto. La novela es nuestra y me
parece que llevaba -o llevábamos-si no
toda la vida, al menos poco más de la
mitad esperando que alguno de los dos
la escribiera. Pero tenías que ser tú
porque May y su vida en amnesia es la
verdadera historia que te marca y nos
marca a todos. Muchas veces mis padres
y quizá muchos otros padres de amigos
nuestros hablábamos del deseo de verla
siempre feliz y recuperada ya en su
México y muchas veces Mrs. Grabsky
visitaba casa y se sentía realmente
feliz de que ustedes florecieron o vuel-
tos a florecer en México. Te puedo
decir además lo orgullosa que siempre
fue ella de ti.

Es un gran honor y alegre saber
que publicaste una novela y que la has
(¿haz? Siempre confundo con quien se
escribe esta palabra en español) presentado en Buenos Aires y por fin de-

volverte el manuscrito original que muy
bien escribiste en inglés (y ya tienes
todas las correcciones de spelling y
style que anoté allí mismo).

Te hice esperar mucho. Esto lo se y
a mí perdón solo digo que así salieron
los tiempos. Asi es mejor que también
leas esto cuando puedas volver a Mantua,
porque te escribo en Spanish para abra-
zarte en el idioma que de niños nadie
entendia, ni Maylu ni tu mismo sabían
lo que se decía bien en español cuando
May preguntaba o se perdia en palabras
y el tiempo que ella ganó de nuevo con
su memoria es demostración de que palabras son tiempo pero también de que
lo smundos que vivimos de niños ahora
de adultos son la otra gran historia de
nuestra novela.

Escribo español porque vivo en ahora
ese idioma con Gloria y con mis hijos
que tienen English como Second Lan-
guage, pero también porque es muy importante que sepas ahora cuando leas
esta carta que tu te fuiste a Mexico y
decidjmos no escribir cartas y que solo
Brenda llamo dos o tres veces por teléfono porque no se aguantaba lejos de
MAylou. Como periodista (prefiero Jour-

nalist) jamas podría imaginar que al volver a vernos descurbir juntos que Hampsted no te hizo lo que tu pensabas que me había hecho a mi. Fue una bendición que estaba tu padre allí mismo y que los tres reimos de todo esta confusión loca.

En Mexico pensé mucho sobre todo eso y la novela que lei despacio me hizo reflexión profunda y es importante decirte que tu te fuista a Mexico, que te volviste de una manera a Mexico, y que todo eso esta muy bien lo de tu hijo y ahora que tienes otro hijo y que todo lo de tu salud y tus libros esta muy bien, pero de una manera alguna (alguna manera?) tu te fuiste de todo eso que llamamos mal America y te volviste bien mexicano. Todo esto bien.

Yo estudié journalism en Columbia University y ahí conocí Gloria y ya sabemos mucho de lo que hemos platicado juntos en México y todo, pero no te digo nunca que yo segui de vuelta cada Navidad y a veces Thanksgiving y muchos años Easter de pascuas visitando a mis padres en Mantua y todo seguía igual, ya sin ustedes y su casa que la compraron los Steinbergs y luego los

Wilson, pero eso no importa porque lo
que quiero decirte escrito (porque no
podía decir con hablar) es que yo viví
en una de las visitas de Thanksgiving
el dia que volvió de la cárcel Stephen
Hampsted.

Maybe quizá pensaste que ese hombre
había tenido cadena perpetua y locked
for life porque en verdad no hablamos de
esto pero yo estaba de Thanksgiving con
mis padres cuando supimos que había
vuelto y que llego a la casa donde su
madre estaba ya muy anciana, ya muerto
Mr. Hampsted y toda esa cosa.

Quiero que sepas que yo no entien-
do bien y no me gusta contar a ti esto,
pero con mis padres hablaba de que muchas inexplicables eran cosas que asi
vivimos y pensaba en días que Hampsted
se había reformado con todos los años
que paso encerrado porque luego de la
correccional-menores estuvo en la Federal Prison por los robos de su pandilla
y por fin cuando llegaron las acusaciones de queines si decidieron denun-
ciar por los otros niños que sí violó
y confesó y asi cuadno lo volvi a ver
te quiero decir aquí que no lo saludar
y no creo que el supiera que yo era

yo pero creo que es importante que tu
sepas para tu novela que Steve Hampsted
fue reinsertado en la comunidad de
Fairfax y trabaja en primavera-verano de
todos los años como GoodHumorMan.
No digo más.

FIN
THE END

Índice

Un bosque flotante de Jorge F. Hernández
se terminó de imprimir en el mes de febrero de 2021
en los talleres de
Diversidad Gráfica S.A. de C.V.
Privada de Av. 11 #1 Col. El Vergel, Iztapalapa,
C.P. 09880, Ciudad de México.